16	3	2	13
5	10	11	8
9	6	7	12
4	15	14	1

CLÁUDIO LOVATO FILHO

NA MARCA DO PÊNALTI

editora■34

EDITORA 34

Editora 34 Ltda.
Rua Hungria, 592 Jardim Europa CEP 01455-000
São Paulo - SP Brasil Tel/Fax (11) 3816-6777 editora34@uol.com.br

Copyright © Editora 34 Ltda., 2002
Na marca do pênalti © Cláudio Lovato Filho, 2002

A FOTOCÓPIA DE QUALQUER FOLHA DESTE LIVRO É ILEGAL, E CONFIGURA UMA
APROPRIAÇÃO INDEVIDA DOS DIREITOS INTELECTUAIS E PATRIMONIAIS DO AUTOR.

Capa, projeto gráfico e editoração eletrônica:
Bracher & Malta Produção Gráfica

Revisão:
Alexandre Barbosa de Souza
Cide Piquet

1ª Edição - 2002

Catalogação na Fonte do Departamento Nacional do Livro
(Fundação Biblioteca Nacional, RJ, Brasil)

Lovato Filho, Cláudio
L675n   Na marca do pênalti / Cláudio Lovato Filho —
São Paulo: Ed. 34, 2002.
104 p.

ISBN 85-7326-242-7

1. Ficção brasileira. I. Título.

CDD - B869.3

Na Marca do Pênalti

O Velho	9
Chuteiras Mágicas	15
Goleiro	23
Momento Especial de um Menino	29
O Dia da Peneira	35
Reflexões de um Árbitro em Crise	47
O Reserva	53
O Matador	61
Perseguição	71
O Segredo do Zagueiro	75
A Espera	81
O Veterano	87
Palavras	91
O Ex-jogador	99

Agradecimentos

Meus pais, Cláudio e Maria Edith
Francisco Milhorança
Equipe da Editora 34

NA MARCA DO PÊNALTI

Para Rosilene

O VELHO

Quando cheguei, o velho estava sentado num canto escuro do que em outros tempos fora o vestiário principal. Estava lustrando uma chuteira. Já tinha desatarraxado as travas, para limpar. Fazia aquilo com a rapidez e a segurança proporcionadas por longos anos de prática. Usava uma camiseta branca sob o casaco de abrigo e tinha um pano sujo de graxa jogado sobre o ombro. Sentado ali, daquele jeito, com as costas curvadas, os ombros caídos, sozinho, o velho parecia digno de pena. Mas isso só até o momento em que ele levantava os olhos para encarar quem quer que se aproximasse dele. Nesse momento, voltava a ser o homem tratado pelos craques como pai, e que, apesar de ser apenas o roupeiro, era respeitado por técnicos, dirigentes, conselheiros e torcedores mais próximos do clube.

Seus conhecimentos sobre o futebol e a maneira como fazia para apontar problemas e soluções tornaram-se uma lenda para todos os que participavam da vida do clube. Ainda se contam muitas histórias sobre a importância do velho nos bastidores. Há quem garanta, por exemplo, que foi ele quem, certa vez, minutos antes de uma semifinal do campeonato nacional, convenceu o treinador a colocar em campo um centroavante desconhecido, franzino, de cara triste, recém-saído das categorias inferiores, em lugar da grande estrela do time, um argentino levantador de taça que já havia jogado duas copas. O menino magricela de 18 anos acabou fazendo dois gols — um logo aos 3 minutos de jogo — e dando passes para mais dois. Nas finais, foi o grande nome do time, marcando gols decisivos. Segundo o que ainda hoje se conta, o velho tivera um pressentimento. Mas como sabia que dizendo isso jamais convenceria o técnico, armou o seguinte enredo: disse que acabara de falar com a mulher do centroavante titular e que ela lhe contara que tinha apanhado do marido a noite inteira, na frente dos filhos. O treinador, católico fervoroso, não teve dúvidas sobre o que fazer a seguir. A versão oficial foi de que o craque portenho — que tomou a mais irada descompostura de toda a sua vida, para ele absolutamente incompreensível, e depois foi mandado para o banco — sentira o músculo da coxa durante o aquecimento. Muitos acreditaram.

De qualquer maneira, são apenas histórias, que falam de um mundo que não existe mais, e que só sobrevivem porque algumas pessoas que viveram aquele tempo se encarregam de mantê-las vivas. Mas não pense que o velho vai lhe contar histórias só porque você pagou ingresso para uma visita guiada pelo antigo estádio desativado. O velho não está ali para entreter ninguém. Seu trabalho é entregar ao visitante, que pagou por isso, o uniforme e o par de chuteiras para entrar no gramado. É simples assim: você entrega a ele a papeleta que lhe dão junto com o ingresso, diz o número que calça e depois ele lhe dá o par de chuteiras, a camiseta, o calção e os meiões. Fardado, você caminha pelo túnel, sobe a escada e sai para o gramado, onde dois funcionários aguardam os grupos. No final do passeio, cada visitante tem direito a um chute a gol. Um dos funcionários faz o papel de goleiro. Você pode se divertir muito numa visita dessas. Pode até acreditar, por um segundo, que, se tivesse insistido um pouco mais quando ainda era garoto, poderia ter se tornado alguém.

Nesse dia, me aproximei do velho e sentei-me ao seu lado, como sempre. Ele havia colocado as seis travas de uma chuteira dentro de um cinzeiro preto de plástico e agora passava o pano nas roscas. Ficamos em silêncio por alguns minutos. Então perguntei como estava o movimento.

— Fraco — ele respondeu, sem tirar os olhos da chuteira.

Olhei em volta e, como de praxe, me fixei no pôster que ficava ao lado do quadro negro. Lá estavam todos eles. Mitos que aprendi a respeitar mais do que tudo em minha vida. Rubem, Américo, Caboclo, Júlio, Ferreirinha, Petrônio, Luiz Henrique, Jorge, Melo, Matungo, Miltão, Penna. A taça colocada sobre o gramado, em primeiro plano, bem no meio da fotografia. No canto esquerdo, lá estava ele, o velho, com a mão sobre o ombro do meu pai.

Meu pai jogava bem, segundo o velho. Era um ponteiro esquerdo rápido, inteligente, que driblava com facilidade, buscava sempre a linha de fundo e tinha um cruzamento certeiro. O velho não gostava de ponteiros que fechavam para o meio, de zagueiros que não sabiam sair jogando e de centro-médios (naquele tempo ainda não existiam os "volantes") que só faziam desarmar e, na hora do passe, se atrapalhavam. Não foram poucos os jovens jogadores para os quais o velho ensinara fundamentos como o chute a gol, o cabeceio, o drible, a roubada de bola, o passe — "Que dificuldade para esses garotos acertarem um passe!", costumava dizer. Fazia isso depois dos treinos, já com o estádio quase às escuras. Era algo clandestino, que não devia chegar aos ouvidos da comissão técnica. Não importava. Com o tempo, o número de jogadores que pediam "orientação" ao velho não parava de crescer. E nenhum deles parecia se incomodar com o fato do velho ser apenas o roupeiro do time. Ao contrário. Sabiam que ele sabia, e queriam aprender com ele. Muito se especulou sobre a vida do velho, mas ela sempre foi um mistério para a maioria. Era sozinho, morava de aluguel no morro perto do estádio e era um dos funcionários mais antigos do clube. Alguns diziam que era um jogador frustrado. Outros, que fora abandonado pela mulher por causa do alcoolismo e do temperamento agressivo. Outros ainda, que era um gênio incompreendido, uma sumidade condenada a uma existência medíocre.

Meu pai foi um dos que aprenderam coisas importantes com o velho. Entretanto, jamais chegou a ser titular absoluto. Estava sempre disputando posição. As seguidas lesões contribuíram muito para isso. Ele era do tipo miúdo, baixinho, pernas finas e volta e meia um lateral se irritava com seus dribles e o tirava de campo. Apesar disso foi um jogador importante durante os anos em que atuou no clube. Participou de partidas que entraram para a história e chegou a ter atuações memoráveis. Meu pai e o velho eram muito amigos. Quando foi titular pela primeira vez, deu a camiseta do jogo para o velho. Dizem que o velho chorou. Eles eram muito amigos mesmo, há quem diga que pareciam pai e filho. Meu pai sempre dava dinheiro para o velho quando recebia o salário.

— Andei lendo que você vai jogar na Europa. É verdade? — o velho perguntou, de repente.

— Sei lá. Acho que é coisa da imprensa.

Um novo grupo se aproximou. Um homem muito gordo, de bigode, quis saber se havia chuteira 43. O velho não respondeu. Apenas se levantou, foi até o armário e trouxe um par de chuteiras para o homem. Um menino veio correndo e se juntou a ele. O homem gordo perguntou se havia chuteira 35. O velho abriu novamente o armário e, depois de alguns segundos, tirou de lá um outro par e o entregou ao menino. Em um outro armário, o velho pegou camisetas, calções e meias e entregou à dupla. Então voltou a sentar-se.

— Se eu for para a Europa, levo você junto — eu disse.

O velho virou-se para mim e soltou uma daquelas gargalhadas que há muito eu não ouvia, uma gargalhada famosa em outros tempos. Então perguntou:

— E o que é que eu vou fazer lá?

— E o que é que você está fazendo aqui? — devolvi. O velho soltou outra gargalhada, ainda maior que a primeira.

— Daqui eu só saio morto, garoto. Você sabe disso. Isso aqui é o meu fim da linha — e começou a rir outra vez.

Eu sentia muita falta do meu pai. Não queria sentir falta do velho. Mas o velho estava à vontade com seus fantasmas, estava acostumado a viver das suas lembranças. Não seria justo tirá-lo dali e trazê-lo para um mundo no qual nem eu mesmo sabia se queria estar. Mas me partia o coração ver aquele homem, que um dia tanto influenciou as decisões tomadas no clube, vivendo de recolher bilhetes e atender turistas para os quais ele nada significava.

Um casal surgiu à nossa frente. Ele, camisa social, bermuda de linho e mocassins, sorrindo nervoso, perguntou se era realmente preciso calçar chuteiras para ir ao gramado. O velho não respondeu. Apenas me olhou e caiu de novo na gargalhada. A mulher, sem graça, agradeceu e disse que tinham desistido de entrar no gramado e que apenas fariam uma visita à sala de troféus, porque o sol estava muito forte. Em seguida, desapareceram. Fiquei olhando para o pôster ao lado do quadro. Levantei e saí sem que o velho olhasse para mim. Quando eu já estava quase na porta ele disse:

— Boa sorte, garoto. Cuidado com aqueles beques.

— Pode deixar — eu disse. — Vou fazer tudo o que você me ensinou.

Então ele riu e disse:

— Nem tudo, garoto. Nem tudo.

Fui embora pensando no dia em que eu, talvez morando na Europa, telefonaria para o estádio e um funcionário do clube me diria que o velho tinha morrido, que havia sido encontrado numa das camas do antigo departamento médico, com um grande sorriso no rosto.

De uniforme completo e chuteiras.

CHUTEIRAS MÁGICAS

Ganhara aquele par de chuteiras durante uma excursão do time à Europa Oriental, numa tarde de folga em que fora bater perna pelo centro de Budapeste, com alguns companheiros, e acabara entrando em uma loja de antigüidades. Tinha paixão por armas antigas e, ao ver as pistolas, do tipo garrucha, expostas na vitrine, decidira dar uma espiada. Na loja, conseguira se entender precariamente, em inglês, com o dono do lugar, um velho de barba e cabelos brancos e longos, quase bíblicos. Para seu espanto, o homem dissera que não, não iria mostrar-lhe pistolas, mas sim uma outra coisa, mais apropriada. Então levou-o até os fundos da loja, uma espécie de depósito, empoeirado e cheirando a mofo. Lá, abriu um armário, de onde retirou um embrulho. Colocou o pacote sobre um caixote e dele tirou um par de chuteiras. Em seguida, disse, em seu inglês sofrível:

— Tome, é para você, sua.

— Não, obrigado. Eu não preciso. Já tenho muitas — ele respondeu ao velho.

— Vai precisar, vai precisar. Leva, leva. É sua, para você.

Diante da insistência do dono da loja, ele perguntou:

— Quanto custa?

— Nada. De graça.

— De graça?

— Chuteiras de Puskas. Mágicas. Leva, leva. Lembrança da Hungria.

Mais uma vez vencido pela convicção do velho, e sem jamais ter ouvido "Puskas" no meio do palavrório incompreensível, ele pegou o pacote.

— Eu levo. Mas quero pagar. Dinheiro. Pagar.

— Não, não pode pagar. Não é possível. Não posso aceitar. Não precisa dinheiro. Lembrança da Hungria.

Por fim, ele colocou o embrulho debaixo do braço, apertou a mão do velho e, sorrindo, agradeceu o "souvenir".

Ao sair da loja, se juntou aos três companheiros que o esperavam na calçada e contou a eles o que acabara de acontecer. Os outros jogadores riram, sem de fato refletir sobre aquilo que estavam ouvindo. Então rumaram para o hotel, de onde seguiriam para o aeroporto e, de lá, de volta para casa, depois de um mês excursionando.

Logo após a chegada, guardara na garagem, junto com outras bugigangas de viagem, as chuteiras presenteadas em Budapeste, que ali permaneceram, pegando pó e umidade, por mais de dois anos. Nunca pensara em usá-las, apesar de saber que eram do seu número e que pareciam ser bastante confortáveis, pelo tanto de tempo que haviam sido usadas. Nunca pensara em calçar as chuteiras dadas por aquele velho húngaro. Nunca pensara em entrar em campo com elas. Até aquele dia.

"Mágicas", ele ouvira o dono da loja dizer? "Você vai precisar delas", o velho dissera? De qualquer forma, seria uma chuteira confortável para calçar. E uma chuteira macia seria um problema a menos na vida dele. Além disso, poderiam dar sorte. Estava pronto para tentar qualquer coisa que mudasse sua atual situação.

Em virtude de uma lesão no joelho, que o obrigara a se

submeter a uma delicada cirurgia, ficara vários meses longe dos gramados. Mesmo depois das intermináveis sessões de fisioterapia e de um retorno muito bem-planejado ao contato com a bola, jamais voltara a ser o jogador de antes. Meia-direita habilidoso, de passada elegante, lançamentos precisos e chute potente, passara de titular absoluto e capitão do time a figura constante no banco de reservas — e, mais triste do que isso, nem sempre relacionado para os jogos. Longe de melhorar, ou mesmo estacionar, sua condição técnica piorava a cada semana. Fisicamente até que estava bem. Sempre fora magro, esguio e, no período que se seguiu à cirurgia, engordara pouco. Com a volta aos treinos, rapidamente readquiriu o condicionamento. O problema, contudo, nada tinha a ver com a parte física. A questão era técnica. O tempo passava, a bola continuava batendo na canela e faltava-lhe rapidez para os dribles, antes tão facilmente executados. Acertava raros lançamentos e quanto aos gols... Bem, simplesmente não lembrava quando fizera o último.

O fato é que, aos poucos, estava se tornando uma piada e sabia disso. Nas vezes em que o treinador, um admirador confesso do seu futebol, insistia em colocá-lo em campo, as vaias não demoravam a começar. Chegou um ponto em que os xingamentos já surgiam quando o rádio anunciava sua entrada em campo para substituir um companheiro. Imprensa, dirigentes, comissão técnica, conselheiros, os outros jogadores, especialistas em medicina esportiva, psiquiatras, artistas famosos, donas de casa, cartomantes e pais-de-santo — todos estavam empenhados em conseguir uma explicação para o que estava acontecendo com ele. Mas até isso deixou de ocorrer quando todos, já sem paciência para o assunto, concluíram que ele estava acabado para o futebol. E ponto final.

Naquele dia, ao chegar em casa, depois de mais um jogo, para o qual ficara concentrado mas sequer fora relacionado entre os reservas, foi para a garagem e tirou do velho saco de lona verde o embrulho trazido da Europa. De que país mesmo? Romênia? Ou teria sido a Hungria? Decidiu que passaria a usar as chuteiras já no próximo treino.

Três partidas depois disso, seu nome estava de novo na boca de todos. Incrédulos, os torcedores aplaudiam sem parar as jogadas que fazia. Mais dois jogos e estavam batendo palmas quando ele tocava na bola. Lançamentos precisos de 40, 50 metros. Dribles humilhantes nos marcadores mais qualificados. Gols de pênalti, gols de falta, de cabeça, gols com a bola rolando, de dentro e de fora da área, até gols olímpicos. E a braçadeira de volta. Era, outra vez, o ídolo de sempre, só que jogando como nunca. E cada vez melhor.

Viu-se obrigado a selecionar os convites para entrevistas, pois se fosse atender a todos os pedidos não faria outra coisa. As perguntas, com palavras diferentes, versavam sobre o mesmo tema: qual a explicação para aquela surpreendente recuperação? Ao que ele invariavelmente respondia que sempre soubera ser tudo uma questão de tempo e que aquele sim era o seu verdadeiro futebol.

O campeonato se aproximava da reta final e ele já era o grande nome da competição. Artilheiro isolado, estava oito gols à frente do segundo colocado — que era o centroavante do time, um jovem promissor que não parava de agradecer a ele, publicamente, pelos passes que o deixavam na cara do gol.

Até que chegou o dia da grande final e ele decidiu fazer um teste: entraria em campo com outras chuteiras. Só para ter certeza. Só para confirmar o que já sabia: que o seu bom desempenho nada tinha a ver com aquelas chuteiras do tempo do êpa, e sim com o seu talento, com a sua competência. Colocou as chuteiras húngaras no armário, trancou à chave e pediu ao roupeiro um outro par, com listras verdes reluzentes. Feito o aquecimento no vestiário, entrou em campo, cabeça erguida, peito inflado, puxando o time, para delírio da torcida que já se considerava campeã.

O desastre se anunciou logo aos 3 minutos, quando a bola sobrou livre para ele depois da cobrança de um escanteio. O goleiro estava caído e ele, na risca da pequena área, perdeu o gol mais feito do campeonato. Na metade do primeiro tempo, depois de tocar na bola apenas duas vezes — dois passes errados, um deles uma rosca para a lateral —, o árbitro marcou um pênalti a favor que ele, obviamente, cobraria. Silêncio no estádio. Adversários diziam-lhe obscenidades ao ouvido. Companheiros gritavam palavras de incentivo. Ao apito do juiz, ele correu para a bola e desferiu um balaço que explodiu no travessão. A bola subiu e voltou para ele, que tentou o cabeceio, defendido sem maiores esforços pelo goleiro. Foi a senha para o início das vaias e dos xingamentos. Antes do término do primeiro tempo, uma sucessão de passes equivocados e um drible vexatório, que o deixou sentado no grande círculo, esgotaram a paciência dos torcedores e do treinador, que, apesar de amigo e admirador, queria aquele título de qualquer maneira.

Encerrada a etapa inicial, o técnico decidiu substituí-lo, mas antes o avisou disso. Ele pediu ao técnico que lhe desse um voto de confiança, disse que precisava voltar a campo, precisava de mais uma chance, por favor, pelo amor de Deus, não podia sair agora, não agora! Foi ouvido em sua súplica e recebeu o voto. Discretamente, sem ser visto por ninguém, pegou a chave do armário, abriu-o e retirou as chuteiras ganhas em Budapeste — ou seria Bucareste? Não importava. Calçou-as e voltou para o campo, depois de ouvir o finalzinho das orientações berradas pelo treinador.

Ninguém o segurou. Com 5 minutos de segundo tempo, já havia chutado uma bola na trave — lá do meio da rua —, sofrido um pênalti claro que o juiz não dera e colocado dois companheiros em viva situação de gol. Aos 15 minutos, o técnico do time adversário decidira colocar três marcadores em cima dele. Inútil. Para fazer o primeiro gol do time naquela finalíssima, aos 23 minutos, ele passou a dribles por cinco adversários e mais o goleiro. Uma obra-prima levada pela televisão aos quatro cantos do mundo. O segundo gol foi de falta. Uma cobrança perfeita, um pataço no ângulo esquerdo do goleiro. O estádio veio abaixo. Torcedores tentavam invadir o campo para abraçá-lo. A partida foi interrompida por duas vezes. Nos minutos finais, ele ainda marcaria um outro gol, de carrinho, aproveitando um cruzamento rasteiro vindo da direita. Foi parar dentro do gol, para onde foram todos os outros jogadores, incluindo os reservas, mais o preparador físico, o massagista e até o diretor de futebol, para abraçá-lo.

Fim de jogo. Quando o árbitro apitou, foi inevitável: uma multidão começou a invadir o campo. Primeiro foram os repórteres, os jogadores reservas, a comissão técnica e os dirigentes, e depois, apesar dos esforços dos policiais militares, os torcedores. Percebendo logo em que direção todos vinham, ele ainda tentou correr para o túnel, mas foi em vão. Quando se deu conta, estava sendo jogado para o alto, e então, quando já era tarde demais, foi derrubado, e teve sua camiseta arrancada e disputada e rasgada em pedaços, e teve seu calção tratado da mesma forma, e suas meias, e as ataduras e, por fim, as chuteiras. As chuteiras! Desesperado, gritava que deixassem as chuteiras, que precisava delas, precisava muito delas, mas ninguém o ouviu, e se ouviu não ligou. Tentou mantê-las nos pés, agarrando-as com todas as forças que lhe restavam. Entrou em pânico quando viu a primeira ser arrancada de seu pé esquerdo. Chegou a puxá-la pelo cadarço, mas de nada adiantou. Perdeu duas unhas, destroncou um dedo. Então viu a outra ser tirada com um único movimento, vigoroso e preciso. Viu um homem forte, de cabelos compridos e bigode, segurando-a e, um segundo depois, passando a disputá-la com um garoto magricela e então mais dois, mais três, mais dez, mais cem entraram na briga e estava tudo terminado.

De repente, ele estava sozinho, só de sunga, sentado no gramado, chorando. "Ele está emocionado", dizia um repórter de campo, microfone em punho. "Também, não é para menos! Não é para menos"!, gritava outro. Os companheiros de time agora podiam erguê-lo e colocá-lo sobre os ombros para a volta olímpica diante da torcida desatinada. Ele apenas chorava, limpava os olhos e chorava, limpava os olhos e chorava.

Uma semana depois, o anúncio de que ele decidira encerrar a carreira caiu como uma bomba no meio esportivo. De início, ninguém acreditou. Mas depois todos viram que era para valer. O grande craque multicampeão, capitão do time, nome certo para a próxima Copa, tinha resolvido parar de jogar para dedicar-se ao ramo imobiliário.

E isso aos 24 anos recém-completados.

GOLEIRO

Sempre fora um menino esquisito e, portanto, quase ninguém na família se surpreendeu quando ele, certo dia, anunciou: ia ser goleiro. O pai, um ex-centroavante com passagens vitoriosas por alguns dos clubes mais importantes do país, apesar de repetir aos amigos que respeitava a opção do filho, não gostara nada daquilo. Esforçava-se para aparentar uma conformidade que todos sabiam ser falsa.

— A vida é dele — dizia o antigo artilheiro. — Ele tem liberdade para fazer dela o que quiser.

Aos 14 anos, o garoto fez teste para ingressar no infanto-juvenil do clube que o pai defendera em seus últimos anos de carreira. Foi aprovado. Com o tempo, revelou verdadeiro talento para a coisa. Dedicou-se de corpo e alma. Sua obstinação começou a trazer-lhe resultados: foi convocado para a seleção juvenil e, em alguns meses, passou de segundo reserva a goleiro titular. Pouco tempo depois, foi chamado para integrar o plantel dos profissionais do clube. Aos 19 anos, era dono da posição no time principal. Antes de completar 20, tornou-se capitão do time. Menos de um ano depois, seu passe era disputado pelos maiores clubes do país. Aos 22, estava rico, jogando na Europa e recebendo assédio constante para que se naturalizasse e, assim, pudesse defender a seleção do país onde agora atuava.

Era um obcecado. Continuava treinando quando todos já tinham ido embora. Em casa, no tempo livre, assistia vídeos de jogos com a participação dos maiores goleiros do mundo na atualidade. Não foram poucas as vezes em que evitara derrotas do time. Era boa-praça com os companheiros e idolatrado pela torcida. Um exemplo de êxito na profissão.

O pai, no entanto, ainda sofria. Na verdade, sofria muito, e cada vez mais. Sua frustração jamais cessara de aumentar. Por um lado, estava feliz pelo sucesso profissional alcançado pelo filho, que ele considerava, sem dúvida, um vencedor. Mas por outro... Bem, por outro lado simplesmente não se conformava. Não tinha jeito. "Por que esse garoto tinha de querer ser goleiro? Por que, meu Deus, por que logo goleiro?"

Não conseguia encontrar uma explicação satisfatória para aquilo, até o dia em que um vizinho de prédio, psiquiatra, sugeriu-lhe que o rapaz podia estar querendo atingi-lo, tentando demonstrar a sua revolta contra a figura paterna, castigando-o da pior forma que conseguira conceber. "Uma vingança sórdida", dissera o vizinho psiquiatra na portaria do prédio.

Pôs-se a pensar. Revolta? Castigo? Vingança? Não, não, claro que não. O que é que aquele vizinho maluco sabia da vida deles, da relação deles, de pai e filho? Nada, não sabia nada. Coisa nenhuma. E no mais, quem tinha pedido opinião? Que vá à merda aquele vizinho metido! Filho da mãe, palpiteiro. Ele que vá cuidar dos doidos dele. Enganar incautos.

Mas continuava a pensar. Por que é que ele seria revoltado comigo? O que é que eu fiz? Sempre fui um bom pai. Sou bom pai ou não sou? Claro que sou. Todo o mundo sabe disso. Sempre estive junto com ele, em todos os momentos. Sempre dei conselhos. Nunca me ausentei. Então o que é que eu fiz de errado? Nada. Nada mesmo.

"Vai ver que é por causa das surras que você dava nele", disse um dia a esposa, durante uma conversa que invadira a madrugada. "Lembra que você batia nele de cinto?" Ao que ele respondeu: "Isso é coisa normal. Todo pai faz isso. Mas nem todo pai tem filho goleiro". A mulher desistiu: "Vou dormir. Vê se desliga a televisão".

Outro dia, ao telefone, um irmão — que também fora jogador, um razoável lateral-esquerdo — lhe disse que descobrira a razão de o sobrinho ter feito a escolha que fez:

— Ele quer superar você. Ele sabe que dificilmente poderia ser um goleador como você foi. Então, decidiu fazer exatamente o oposto: quis ser o melhor goleiro, o homem que evita os gols. Você era bom, talvez o melhor, fazendo gols. Ele quer ser o melhor, talvez já o seja, impedindo que os gols aconteçam. Entendeu?

Pôs-se a pensar naquilo também. Mas de onde o irmão tirara aquela história? Será que está todo mundo louco? Ora, que vão todos para o inferno! Estava começando a ficar nervoso com a coisa toda. Muito nervoso mesmo. Comia pouco. Não saía mais de casa, não telefonava para os amigos. Até deixou de assistir os jogos na TV. A pressão começou a subir com freqüência. A taxa de colesterol foi para a estratosfera. Contraiu pneumonia. Até que foi internado em uma clínica. O filho, que durante um treino sofrera luxação num dos dedos da mão direita, aproveitou o fato e voou para casa, para ver o pai. Foi direto do aeroporto para a clínica. A primeira pessoa que encontrou foi a mãe, acompanhada de duas irmãs e de uma vizinha.

— Vai lá, meu filho. Entra, que ele quer falar com você — disse-lhe mãe, os olhos cheios d'água.

Ao entrar, assustou-se com o aspecto do pai. Estava muito magro, pálido como uma vela, olheiras profundas, barba por fazer.

— Pai, sou eu — ele falou, com suavidade.

— Oi, meu filho.

— O que é que houve, pai? O que é que está acontecendo?

— Nada, meu filho. Não precisa se preocupar.

— Fala, pai. Por que é que você está assim?

Então ficaram em completo silêncio, quebrado apenas pelo som dos passos e do falar sussurrado das enfermeiras no corredor.

— Filho, posso perguntar uma coisa? Você não vai ficar chateado?

— Claro que pode, pai. Pergunte o que você quiser.

Novo silêncio. De olhos fechados, ele perguntou ao filho:

— Por que você resolveu ser goleiro?

— Por quê? — ele balbuciou, desconcertado.

— É, por quê? — repetiu o pai.

Novamente fez-se total silêncio. Olhos arregalados, o filho disse:

— Porque quando eu fui fazer o teste tinha muita gente querendo jogar na linha.

— Como é que é?

— Uns quarenta. A maioria querendo jogar com a 9, ser centroavante, sabe como é. Mas ninguém queria ser goleiro. Éramos só eu e um gordinho com óculos fundo de garrafa.

Ao ouvir aquelas palavras, uma lágrima solitária desceu-lhe pela face. Ele respirou fundo — uma, duas vezes — e então pediu que o filho se aproximasse:

— Meu filho — ele disse.

— O que foi, pai?

— Vai para o diabo que te carregue, seu infeliz.

— Mas pai...

— E me faz um favor: não me chama mais de pai. Eu não tenho filho goleiro.

MOMENTO ESPECIAL DE UM MENINO

O menino chegou ao estádio sem o dia ter ainda clareado, muito antes do horário marcado para o início das atividades da escolinha. Três dias antes, ele havia, finalmente, descoberto uma maneira de entrar no gramado principal sem precisar passar pelo vestiário dos profissionais. Havia uma parte do fosso em que era possível fazer a travessia, desde que se tivesse coragem e uma rampa improvisada feita com uma daquelas chapas de compensado que os operários estavam usando nas obras de ampliação do estádio. Laboriosamente, o menino tinha escondido uma das chapas num local que era do conhecimento só dele. Agora estava ali, a rampa colocada à sua frente, pronto para realizar o sonho de pisar no gramado.

Passou pela rampa com rapidez, decidido. Atravessou a pista de atletismo e, antes de colocar o pé direito na grama, fez o sinal da cruz. O coração batia numa velocidade impossível. Suor frio escorria-lhe pelas costas. Então fez aquilo que tantas e tantas vezes sonhara fazer. E, quando o fez, foi muito melhor do que jamais imaginara que pudesse ser.

Começou a caminhar em direção ao gol que ficava à direita das sociais e das cabines de imprensa. Quando se deu conta, estava correndo como nunca tinha corrido antes. Ao se aproximar da risca da grande área, parou de repente. Andando devagar, foi até a marca do pênalti. Não cabia em si de tanta emoção. Levantou os olhos e mirou a arquibancada atrás do gol. Depois, foi girando lentamente: olhou para as cadeiras, para a tribuna de honra, em seguida baixou os olhos e fixou-os nas sociais. Depois, mais arquibancada, os camarotes lá em cima, e então novamente arquibancada, até voltar a ficar de frente para o gol, sempre com os pés sobre a marca do pênalti. Esfregou os olhos com as mãos pequenas, sujas de caneta hidrocor.

O dia estava bem mais claro agora e ele intuiu que não tinha muito tempo pela frente. Queria correr pelo gramado, queria pisar nas quatro marcas de escanteio, caminhar sobre as linhas laterais e, é claro, invadir a pequena área e entrar gol adentro.

Imaginou de repente uma bola colocada bem no centro do grande círculo, esperando por ele, por seu toque, por seu passe para ele mesmo. Quando chegou bem no meio do grande círculo, ergueu o pé direito para pisar sobre a sua bola imaginária. Fez quatro, cinco, incontáveis embaixadas, só para se aquecer. Viu em sua mente o juiz, bem ao seu lado, apitando o início do jogo. Sem perder tempo, ele rolou a bola, que de imediato foi rolada de volta para ele por um companheiro de ataque. Um companheiro tão bom quanto ele, certamente. Um craque para fazer companhia a outro. Foi tabelando com seu parceiro até a meia-lua do adversário. Com a bola quase sobre a risca da área, emendou uma bomba, espalmada pelo goleiro. "Tudo bem, acontece", disse para si mesmo, em pensamento. Posicionou-se para o escanteio, no segundo pau, para tentar cabecear. Mas a bola pegou um efeito e acabou fazendo uma curva por trás do gol. Tiro de meta, marcou o juiz. Correndo de costas, ele se afastou da área adversária, lamentando-se pela oportunidade desperdiçada.

Jogadas se sucederam, faltas, reclamações, cartões amarelos, substituições, cobranças de escanteio, impedimentos, lançamentos perfeitos, passes para os lados, dribles humilhantes, e o tempo todo a torcida, que lotava o estádio, gritava nas arquibancadas, gritava o nome dele sem parar ("Tonico, Tonico, Tonico"), aplaudindo suas jogadas, prendendo a respiração cada vez que ele dominava a bola. Mas ele não podia — sabia disso, tinha sido alertado pelo técnico e pelos jogadores mais velhos! — se deixar levar pelo grito da torcida. Devia jogar o seu futebol, com seriedade e determinação, por que assim, se Deus quisesse, tudo daria certo para ele, e o time, com a sua colaboração, chegaria a mais uma importante vitória na competição. Ah, mas como era difícil não dar bola para o grito e a cantoria e os aplausos da torcida, como era difícil! "Tonico, Tonico, Tonico", era só o que se conseguia ouvir no estádio. Até a comunicação entre os jogadores era difícil por causa do barulho da torcida. "Tonico, Tonico, Tonico." Ah, como era difícil não dar bola para a torcida, especialmente sabendo que seu pai estava lá, no meio daquele monte de gente, torcendo, vibrando, gritando o nome dele. "Tonico, Tonico, Tonico." Ele sabia, tinha certeza de que o pai estava dizendo a todos que estavam por perto que o Tonico era filho dele. "É meu filho, é meu filho..."

"O meu pai está lá, gritando o meu nome", ele pensou, enquanto corria com a bola dominada pela intermédia adversária, depois de vencer uma dividida em que, se tivesse entrado com menos firmeza, teria tido fratura exposta da tíbia e do perônio, com toda a certeza. A investida pela intermediária incluiu dribles inesquecíveis em cinco oponentes. Já dentro da grande área, foi agarrado pela camisa, mas conseguiu se livrar do puxão. Quando percebeu, só tinha pela frente o goleiro, por quem foi derrubado no exato momento em que se preparava para aplicar um chapéu que renderia fotos e mais fotos nas capas de todos os jornais no dia seguinte.

Pênalti. Os companheiros de time já comemoravam como se tivesse sido gol. E, na verdade, já tinha sido mesmo, porque era ele quem iria bater o pênalti, como sempre. Jamais tinha errado um pênalti — e não pretendia errar agora. Os jogadores foram afastados da área pelo juiz. Agora estavam ali, frente a frente, apenas ele e o goleiro. A desgraça de um seria a felicidade do outro, não havia jeito. Ele tomou distância, pensando mais uma vez no pai sentado na arquibancada e que devia agora estar passando as mãos no cabelo, como sempre fazia. Não olhava para o goleiro, não olhava para o juiz, só olhava para o chão, para a marca do pênalti, sobre a qual estava agora a bola branca com detalhes pretos. Ouviu o apito do juiz, muito, muito distante, porque sua audição estava tomada pelo som ensurdecedor das batidas do coração. Correu para a bola, com a frieza que lhe era possível no momento e, com extrema categoria, mandou a bola no canto esquerdo do goleiro, que chegou a se atirar para o lado certo, mas que, já no meio do salto, estava ciente de que jamais conseguiria fazer a defesa.

Gol, gol, gol! A explosão da torcida foi algo indescritível. Eram quase visíveis as ondas de felicidade que emanavam das arquibancadas. Ainda sob o efeito da brutal descarga de adrenalina, ele correu, os braços erguidos, em direção ao setor em que sabia que o pai estava. Quase sobre a linha lateral, ele se ajoelhou, uniu as mãos, encostou o queixo no peito e fez o sinal da cruz. Fechou os olhos e chorou — um choro solto, soluçado, impossível de ser contido, enquanto se deixava envolver pelo delírio que tomava conta de todos e que era resultado do talento e da coragem dele... Talento e coragem... Coragem... Todos gritavam o nome do herói, um herói como jamais haveria outro igual...

Quando abriu os olhos, viu um par de sapatos à sua frente. Demorou alguns segundos para começar a entender o que estava acontecendo. Foi percebendo aos poucos, conforme ia erguendo o olhar, que quem estava ali, naquele exato instante, parado à sua frente, era o chefe dos porteiros do estádio. Logo ele. Ficou desconcertado, com medo e vergonha.

— Como é que você entrou aqui? — perguntou o chefe dos porteiros, voz grossa, cara de brabo.

— Foi por ali — respondeu o menino, apontando para o local onde havia colocado a chapa de compensado.

O chefe dos porteiros ficou em silêncio por alguns instantes — longos instantes. Então falou, bruscamente:

— Pois então vai saindo por ali mesmo. Pega aquele pedaço de madeira e coloca de volta onde estava. Depois pode ir, mas não diz nada para os teus amigos, entendeu? Não diz nada porque, senão, isso aqui vai virar uma bagunça e vai acabar sobrando pra mim.

— Tá bom — disse o menino.

— Vai, vai embora, vai embora.

— O senhor vai contar para o meu professor?

— Não sei, vou pensar. Vai, vai para o teu treino, vai.

A verdade é que o chefe dos porteiros não precisou pensar para resolver que nada diria sobre aquilo, porque gostava do garoto, todos gostavam do garoto, que era bem-educado e simpático com todos. Mas não deixaria de contar apenas por isso. Deixaria tudo assim mesmo porque também tinha pena, muita pena do garoto, que perdera o pai num terrível acidente de automóvel havia pouco mais de um ano. E todos, todos sabiam como aquele garoto amava o velho dele e como o velho amava aquele garoto. Por isso, o chefe dos porteiros, homem tosco, famoso pelo mau humor e pela truculência, resolveu fazer de conta que nada de estranho tinha acontecido naquele início de manhã — absolutamente nada. Apesar de admitir intimamente que, ao ver aquele garoto ajoelhado na beira do campo, com as mãos postas, chorando, chegou a achar que ele próprio poderia, de um momento para o outro, começar a chorar também, o que seria o fim do mundo.

O DIA DA PENEIRA

Naquele dia ele acordou com a sensação de que dois gatos raivosos brigavam em seu estômago, e que dois macacos loucos corriam em volta deles. Despertou muito antes do horário que estipulara na noite anterior — na verdade, na tarde anterior —, ao ir para a cama. De repente seus olhos se abriram e foi como se dissessem para o resto dos órgãos do seu corpo: "Acordem, seus cagões! Não adianta fingir que estão dormindo!". O fato é que o relógio ainda não marcava 4 horas da madrugada quando ele se levantou em silêncio e, pé ante pé, foi para o banheiro. Deu uma longa mijada olhando para a parede, lavou o rosto, escovou os dentes e então voltou para o quarto. Ali, sentado na beira da cama, entregou-se à oração de uma maneira sincera e fervorosa, como nunca antes ao longo de seus 12 anos de vida.

Era o dia da peneira, e ele, apavorado e eufórico, não conseguia imaginar o que faria para resistir às horas que o separavam do momento mais decisivo dessa sua velha e cansada vida de 12 anos.

Rezou o último Pai-Nosso e foi para o pátio nos fundos da casa, onde o avô tinha uma pequena horta de tomate e cebolinha, devidamente protegida das boladas do neto por uma cerquinha de madeira branca que, apesar da aparência frágil, era firme como uma parede de concreto armado. Os tomates e as cebolinhas estavam bem protegidos.

Sentado na soleira da porta da cozinha ele vislumbrava o pátio, prestando atenção não na horta do avô, mas no gol pintado com tinta preta no muro descascado. Olhava para o gol fixamente, concentrado, como se buscasse nele uma resposta, o desfazer de um segredo, a chave para um enigma. Ficou ali por sabe-se lá quanto tempo, convencido de que naquele retângulo de linhas mal-traçadas residia a solução da sua vida.

Da sua, sim, claro; mas também da mãe e do avô. A vida deles precisava de uma solução, a vida de todos eles, e não só a sua. Iria, portanto, atrás da solução para a vida de todos eles. Porque não queria mais ver a mãe catar moedas na bolsa esfarrapada para comprar pão e leite, e porque não queria mais ver a mãe chegar em casa com as mãos vermelhas e duras de tanto lavar roupa na água fria no inverno, e também não queria que sua mãe tivesse mais aniversários sem presentes, e porque queria dar um par de sapatos novos para o avô, e queria que os óculos do avô tivessem as duas lentes, como os de todo mundo, e não apenas uma, e, mais do que tudo, porque queria que eles fossem, todos eles, para uma casa grande, bonita e segura, na qual não entrasse água quando chovesse, e que não fosse como um forno no verão e como uma geladeira no inverno. Mas ainda havia Fabiana... Fabiana! Com seus cabelos encaracolados e grandes olhos negros. Fabiana, sua colega de escola, filha da dona Márcia, muito amiga da sua mãe. Desejava de todo o coração conquistar a admiração de Fabiana, queria que Fabiana se apaixonasse por ele (mal sabia ele que já havia conseguido isso, e que de nada importava para ela aquela tal peneira...)

Ficou ali, pensando em tudo isso, até ser chamado de

volta ao mundo de todo mundo pela voz doce e cansada da mãe.

— Perdeu o sono?

Ao que ele, depois do susto, respondeu:

— Acho que sim.

Ela passou a mão na cabeça do filho, de um jeito que conseguia ser seco e carinhoso ao mesmo tempo, e disse:

— Vem, meu filho, vem tomar café, que hoje você tem de estar tinindo.

O café tinha leite, Nescau, pão, margarina e mortadela, para ele. A mãe, como sempre, só tomou café e logo foi para a porta da cozinha, fumar, de pé. Ela o olhava com ternura, enquanto ele bebia o Nescau gelado. Estavam em completo silêncio quando o avô entrou na cozinha, de chinelo de dedo, bermuda listrada e camiseta branca, trazendo um embrulho sob o braço esquerdo.

O avô puxou a cadeira de sempre e, ao sentar-se, soltou o gemido de sempre. Colocou o embrulho de papel pardo sobre a mesa, perto da garrafa térmica com café. Sob o olhar cerrado da filha e do neto, ele pegou a garrafa, encheu a xícara de café, jogou dentro três colheres de açúcar. Bebeu um gole, devagar, depois outro, e mais um. Passou a mão no pacote e o colocou na frente do neto. Então disse:

— É para você.

Surpreso, ele perguntou:

— Para mim?

— É, para você. Abra.

Ele pegou o pacote, recuou a cadeira e colocou-o no colo. Em seguida, com pressa, nervosamente, olhos arregalados, rasgou o papel, cujos pedaços iam caindo no chão como folhas secas no outono. Não podia acreditar. Era um par de chuteiras. Chuteiras! E pareciam novas, e cheiravam a graxa, e tinham cadarços longos, e as travas limpinhas!

— Foi o Manduca da sapataria quem fez. Eu pedi a ele — contou o avô. — Não é zero quilômetro, mas está toda reformada, boa mesmo. Acho que vai dar para quebrar o seu galho — ele disse, olhando o neto nos olhos. O menino, sem palavras, apenas balançava afirmativamente a cabeça.

Antes que a filha falasse qualquer coisa fora de hora, o homem a encarou com firmeza e disse:

— Eu vou fazer um servicinho para ele na sapataria e aí ficamos acertados.

O menino pegou as chuteiras, uma em cada mão, levantou-se, deu um abraço apertado no avô e só o que conseguiu falar foi:

— Obrigado, vô. Muito obrigado mesmo.

O avô lhe deu dois tapinhas nas costas e disse:

— Agora vá, vá se preparar que está chegando a hora.

Era a primeira vez que ele participava de uma peneira. Tinha sido alertado por todos — amigos dele que já haviam passado pela experiência, amigos do avô que conheciam as coisas do futebol, vizinhos, parentes — que ser aprovado numa peneira era como acertar na loteria. Todos diziam a mesma coisa: havia sempre garotos demais, 100, 200, às vezes 300 ou 400, e apenas uns cinco ou seis, quando muito, eram escolhidos. Mas ele estava convicto de que sua hora tinha chegado. "Quero ser jogador", ele não parava de repetir para si mesmo. "Quero ser jogador", urrava em pensamento, todos os dias, o tempo todo, até mesmo quando estava dormindo, porque sonhava com isso todas as noites.

Sentado na beira da cama, com as chuteiras presenteadas no colo, ele ouviu quando alguém — era a mãe, só podia ser a mãe, com aqueles passinhos dela — entrou no quarto. Virou-se e a viu estendendo-lhe a mão com um punhado de notas e moedas.

— Será que isso dá? — ela perguntou.

Ele pegou o dinheiro, desdobrou as notas, espalhou as moedas sobre a cama, fez um cálculo rápido e certeiro e disse:

— Dá, sim.

Menos de cinco minutos depois ele estava saindo pela porta da frente, observado pela mãe (fumando) e pelo avô (com as mãos nos bolsos da bermuda). Pôs-se a caminho do ponto de ônibus e estremeceu quando passou em frente à casa de Fabiana, que não estava na janela sorrindo e abanando como ele tantas vezes fantasiara que aconteceria nesse dia.

Esperando o ônibus, viu aproximarem-se outros garotos trajando camisetas, calções e meiões e levando tênis ou chuteiras debaixo do braço ou dentro de sacolas de supermercado. Sabia que eles também estavam indo para a peneira. Não falou com ninguém; apenas cumprimentou, com um rápido movimento de cabeça, dois deles, seus conhecidos da escola. No ônibus, não havia passageiros além deles. Quase todos estavam sentados sozinhos, calados, os olhares perdidos em um ponto qualquer sem importância.

Quarenta minutos depois de ter embarcado no ponto perto da casa de Fabiana, ele desceu, com seus fortuitos companheiros de jornada, num terreno descampado. Uns 200 metros adiante deles encontrava-se uma quantidade já considerável de candidatos a jogador, que iam sendo divididos em grupos por três adultos: um negro, magro, alto, sorridente; um mulato um pouco mais jovem, baixinho, mas muito forte, e um velho de cabelos brancos, nariz aquilino, pernas arqueadas e cara fechada.

Ele e os outros recém-chegados aproximaram-se dos que já estavam sentados e foram logo sendo abordados pelo mulato, que perguntou o nome, a idade e a posição de cada um e anotou tudo numa folha presa a uma prancheta. Em seguida, foram distribuídos pelos grupos já existentes, de acordo com as informações que haviam fornecido.

Mais e mais garotos iam chegando, com fisionomias tensas, olhos que não se atreviam a piscar, respirações ofegantes, querendo achar-se predestinados mas, na verdade, tomados de nervosismo, sentindo frio na barriga e arrepios subindo e descendo pelas costas molhadas de suor.

Os meninos chegavam sozinhos, em duplas ou em grupos, e eram de imediato orientados pelo negro alto e pelo mulato. O velho de nariz de barbatana de tubarão ficava só observando, ora encostado numa árvore, ora acocorado segurando um graveto, ora caminhando com as mãos atrás das costas, de cabeça baixa.

Sentado no capim crescido, olhando para as chuteiras dadas pelo avô, ele se perguntou em pensamento quanta gente haveria ali, naquele exato momento. Cem, 150, 200? Talvez mais. Talvez já fossem uns 250 ou 300 garotos. Todos querendo mostrar o que sabiam fazer com uma bola nos pés, ou o que achavam que sabiam fazer. Todos arriscando uma chance, todos perseguindo não o maior, mas o único sonho que achavam valer a pena sonhar.

De repente, um garoto alto, de cabelo loiro, quase branco, aproximou-se dele, movendo-se sem se levantar (quase arrastando a bunda no chão) e, sorrindo com malícia, disse:

— Quer vender a chuteira? Você não vai ter tempo de usar mesmo.

Ele encarou o garoto com firmeza por alguns segundos e então, sem dizer uma só palavra, virou o rosto e pôs-se a olhar para o horizonte. O menino loiro voltou para o seu lugar, cochichou alguma coisa para o garoto que estava ao lado e os dois riram.

Olhando para o nada, ele lembrou do avô e, sem perceber, apertou contra o estômago a sacola de plástico transparente na qual estava o par de chuteiras. O avô, que alguns diziam ser louco porque na época de Natal fazia cartazes de cartolina, com dizeres de *Bem-vindo seja, Javé* e outras coisas deste tipo, e os colava na porta e nas janelas da casa, para todo o mundo ver, apesar dos protestos da filha. O avô, que tinha tatuagens nos braços e nas costas e quando ficava nervoso passava as mãos no rosto, de baixo para cima, da testa ao queixo, com muita rapidez, de um jeito às vezes cômico e quase sempre assustador.

Quando o negro alto e o mulato baixinho começaram a chamar os times, um arrepio lhe percorreu as entranhas. Os dois primeiros grupos de onze garotos começaram a se dirigir para o campo de terra batida, no qual não havia nenhum tipo de marcação de cal. Os gols, feitos de tubos de PVC, tinham redes brancas, que estavam ali só para constar, porque eram um buraco só.

Os que permaneciam sentados, aguardando sua vez de entrar em campo, quase não olhavam para o jogo que se desenrolava poucos metros adiante. Os que arriscavam, o faziam de soslaio. Tinham medo de constatar que não eram tão bons quanto imaginavam. Preferiam não arriscar.

Os times se sucediam no campo. Dos mais de sessenta garotos observados até aquele momento, o velho de pernas tortas — era o velho, sem dúvida era o velho — havia separado apenas dois, colocando-os atrás de um dos gols. Os dois meninos tinham os olhos muito arregalados, não riam, não falavam, apenas inspiravam e expiravam, inspiravam e expiravam, inspiravam e expiravam...

Como que tirado de um transe, ele ouviu, subitamente, a voz do negro alto às suas costas:

— De pé, de pé, todo mundo de pé. Vamos lá que está na vez de vocês.

Ele já havia calçado as chuteiras e agora checava os cadarços para ver se estavam bem amarrados. Estavam. Ele foi o último de seu grupo a se levantar. Caminhou lentamente em direção à lateral do campo. Aguardou o encerramento do jogo, depois o sinal do mulato e, por fim, a ordem do negro alto:

— Podem ir, podem ir.

No meio do campo, com um apito na mão direita, o mulato gritou:

— Os deste lado, com camisa. Os deste, sem.

Sem esperar uma segunda ordem, ele tirou a camisa e, assim como os companheiros de time, correu em direção ao próprio gol e jogou-a ao lado de uma das traves. Em seguida, voltou para o centro do campo e tomou a sua posição: centroavante.

O mulato forte apitou, o time adversário deu a saída de bola e a correria começou. Sentindo firmes nos pés as chuteiras que o avô lhe dera, ele partiu para o campo adversário e colocou-se de costas para o gol, para observar como se sairia a sua defesa diante do primeiro ataque contrário. A bola rolava de pé em pé, sofrivelmente, na intermediária de defesa do seu time, quando um garoto alto, que certamente sonhava em tornar-se um dia um grande zagueiro, deu um balão e a bola, de repente, veio em sua direção. Ele correu ao encontro dela, estava quase tocando-a quando foi deslocado com um jogo de corpo dado por não-se-sabe-quem e acabou caindo. Esfolou o joelho, ficou com terra grudada nas costas e percebeu a poeira tomando conta das chuteiras. Levantou-se, batendo as mãos no calção, e recomeçou a correr.

A bola estava agora na esquerda do seu ataque, sendo disputada por uns quatro, depois seis, então nove ou dez garotos até que outro balão foi desferido, desta vez pela zaga adversária. Ele estava preocupado e, conforme o tempo passava, entre idas e vindas da bola, arriscava uma olhada para o velho, que assistia a tudo impassível. Não havia emoções perceptíveis naquele rosto todo enrugado. Ele sabia que já estava mais do que na hora de mostrar alguma coisa, qualquer coisa, só para ser notado pelo velho. Mas nada. Sentia-se — e estava, a bem da verdade — perdido em campo. Em nenhum momento conseguira encontrar um espaço para se posicionar, a colocação certa para pedir a bola, recebê-la e tentar a finalização.

Ao que tudo indicava, aquela partida se encaminhava para um 0 x 0 — mais um 0 x 0 naquele dia. "Esses garotos ficam com medo de chutar porque têm medo de errar", dissera, a certa altura dos acontecimentos, o negro alto para o velho. Este, de pronto, respondeu: "Há sempre alguém que não tem medo".

Ele já havia sido derrubado uma segunda vez. Feriu o cotovelo, sujou mais ainda o calção de terra e notou que as duas listras amarelas do lado de fora de cada chuteira tinham desaparecido sob a poeira. Tinha tocado na bola apenas duas vezes. Na primeira, escorou com o peito o chutão de um dos zagueiros do seu time — foi uma boa matada; a bola acabou no pé de um companheiro, que em seguida errou o passe. Na segunda vez, depois de uma cobrança de escanteio, subiu junto com o goleiro adversário e só raspou a cabeça na bola, que saiu, devagar, longe do gol, sem perigo algum, pela linha de fundo.

O desânimo aumentava a cada jogada errada do seu time, a cada olhada para o velho de nariz de gancho. De cabeça baixa, tentando enxugar o suor do rosto, ele viu de repente o rapaz pequenino e magricela que jogava de lateral-direito no seu time roubar a bola de um guri canhoto metido a driblador. Esse lateralzinho percebeu um companheiro com o braço levantado, começando a correr em desatino sobre a linha lateral. O passe veio por cima, torto, muito para dentro do campo, mas o ponteiro conseguiu chegar na bola, dominá-la e... parar. O ponteirinho não sabia o que fazer.

Foi então que ele soltou o grito que ecoaria em sua cabeça por muitos e muitos anos ao longo de sua vida:

— No meio!

O ponteiro rompeu sua inércia, viu o seu centroavante com o braço levantado invadindo a área sem marcação e, de esquerda, fez o cruzamento. A bola lhe chegou a meia altura, com muita força, mas ele conseguiu amortecê-la na coxa e dominá-la. Deixou-a quicar uma, duas vezes, então deu um toque de leve, para a frente, afastou com o cotovelo ferido um garoto que o acossava, depois saltou sobre uma perna que tentara dar-lhe uma rasteira e, no meio da grande área, bem próximo da marca do pênalti, meteu o pé direito na bola, com toda a raiva e toda a paixão que sentia pela vida, e a bola virou uma flecha, uma bala, um foguete, e acabou entrando no ângulo esquerdo, um golaço.

Ele ficou olhando para a bola no fundo do gol, enquanto o goleiro, com o pescoço virado, procurava-a de forma patética. Os companheiros se aproximavam para cumprimentá-lo com gritos de "valeu" e alguns abraços tímidos. A bola ainda rolaria por mais alguns momentos, mas, todo o mundo sabia, o jogo tinha terminado ali, naquele chute.

Pouco antes de apitar o final da partida, o mulato foi chamado na lateral do campo pelo negro alto. Os dois conversaram por alguns segundos, o mulato assentiu com a cabeça, o negro deu-lhe um tapinha nas costas e ambos se separaram outra vez.

Com a bola ainda em disputa, o mulato começou a trotar na direção dele e, quando chegou bem perto, disse, em voz baixa mas perfeitamente clara:

— Quando acabar o jogo, você fica. Vai lá para trás daquele gol.

E ele respondeu simplesmente:

— Tá.

A partir daquele momento, ele só conseguiu pensar que, sim, tinha dado certo, tinha dado tudo certo, e que a mãe e o avô e também Fabiana (Fabiana!) ficariam orgulhosos dele, realmente muito orgulhosos, e que o futuro, sim, o futuro seria bom, seria ótimo, seria maravilhoso, teria de ser, não havia dúvida, porque ele tinha conseguido, tinha dado tudo certo, finalmente, ele tinha conseguido, tinha conseguido mostrar que era bom, mostrar o que sabia fazer, ah, sim senhor, e ele mostrou mesmo, deu tudo certo, mãe, deu tudo certo, vô, vou ser jogador, Fabiana, praticamente já sou, podem se preparar porque a nossa vida vai mudar, vai mudar mesmo, mudar totalmente, vai ficar muito melhor, porque eu fui escolhido pelo velho, vocês sabem, o velho, vocês conhecem o velho, claro que conhecem, todo mundo conhece o velho, todo mundo respeita o velho, porque ele sabe das coisas, e me escolheu, mandou me chamar, mandou eu esperar depois do jogo, para conversar comigo, para me dizer que sou bom e que vou ser um grande jogador, um craque, adorado pela torcida, e que vou dar autógrafos todo final de treino, e todo final de jogo, e é isso, é isso aí, deu certo, deu tudo certo, sim senhor, deu tudo certo, eu consegui, deu tudo certo, eu consegui, consegui.

E tudo isso, ele pensou, tudo isso por causa de um chute.

Apesar de que, para ele, o chute tinha sido, de tudo aquilo, a parte mais fácil; o chute tinha sido o de menos.

REFLEXÕES DE UM ÁRBITRO EM CRISE

Falta. O árbitro apita, o jogador do time local bate rapidamente e o jogo continua. O árbitro então retoma suas reflexões, correndo sob um sol impiedoso, sádico, para lá e para cá.

"É isso aí, companheiro", diz ele, dialogando mentalmente consigo mesmo. "Quase 35 anos, uma pilha de sonhos abandonados e esta roupa preta, para completar. Meu Deus, o que é que eu fui fazer da minha vida? Como, diabos, eu fui chegar a isto? Só posso crer que minha natureza seja, acima de qualquer outra coisa, visceralmente autodestrutiva. Faz parte de mim um desejo irrefreável de ser odiado por todos. Vai ver que é isso. Vai ver que é isso mesmo..."

Outra falta, esta muito próxima à grande área. O árbitro apita com decisão, em cima do lance. Dois, depois três, então quatro jogadores se aproximam, com as mãos para trás. Reclamam. Gritam que não houve falta, que o jogador se atirou ao chão, e que ele, o árbitro, devia estar sonhando. "Vão jogar bola", berra o árbitro. "Quem apita sou eu. Vão jogar bola." O bolo se desfaz. A barreira se forma, sob a orientação do goleiro, encostado a uma das traves. A barreira anda, recua, anda de novo, recua mais uma vez. Soa o apito. O pé do batedor muito embaixo da bola e, com isso, a bola muito longe do gol. Tiro de meta. O árbitro começa a trotar em direção ao grande círculo.

"E ainda por cima esta profissão prejudica a minha família. Meu filho é infernizado na escola a cada segunda-feira. 'O teu pai é ladrão', aqueles infelizes não param de dizer para o menino. Não chamam o meu garoto para jogar e, quando chamam, é só para dar botinadas nele. Aqueles pequenos desgraçados. Coitado do meu garoto, não gosta de briga, jamais gostou, é um menino calmo, carinhoso. E é tão maduro para a idade dele, o meu garoto. Maduro e doce, muito, muito doce. Eu sei que ele tem sofrido, sei que se sente sozinho, porque tem poucos amigos e, na escola, muitos colegas o perseguem. Coitado do meu garoto, coitado do meu guri. Culpa minha. Claro que é culpa minha. E o chefe da minha mulher, aquele escroto metido a engraçado? Quase tive de baixar porrada nele naquela festa de Natal idiota. Aquele sujeito escapou por pouco. Provocador de quinta categoria, achando-se um artista da fina ironia. Um palhaço, isto sim. Leu dois ou três clássicos, assistiu meia dúzia de filmes europeus e se considera um intelectual com importante contribuição a dar. Tá bom. Tenho certeza de que a estante dele está abarrotada é de livros de auto-ajuda. Que Hemingway, que Kafka, coisa nenhuma! Que Truffaut, que nada! Aquele ali deve gostar mesmo é de Adrian Lyne e de livro de *socialite*, só que não tem coragem para admitir. Hipócrita, covarde, mentiroso."

Impedimento, sinaliza o bandeirinha. O árbitro confirma a marcação. Ninguém reclama. O impedimento foi claro. Correndo de costas, o árbitro percebe a aproximação do capitão do time visitante. O árbitro o observa, com o canto do olho. O jogador começa a correr lado a lado com ele. "Esse lateral-esquerdo deles está batendo demais. Entrou em campo só para dar pontapé", diz o jogador, a fala entre-cortada pelo cansaço. "Eu estou de olho nele, pode deixar", devolve o árbitro. "O cara só quer saber de bater", insiste o jogador. "Eu disse que já vi. Vai jogar bola, vai jogar bola", ordena o árbitro.

"E essa gente, quem é essa gente, meu Deus? Quem são esses homens, alvo de tanta adoração e de tanto desprezo? Quem são as pessoas que formam essas multidões apaixo-nadas, sempre cegas de amor e ódio, donas das arquibanca-das? E quem sou eu, ou, por outra, o que sou eu neste mun-do incompreensível, fascinante, caótico? Até quando vou fazer parte disso, até quando? Queira Deus que eu sobrevi-va são a tudo isso. Intacto não, claro que não, seria pedir demais, seria pedir o impossível. Apenas são."

O árbitro apita o fim do primeiro tempo. Aguarda no centro do campo a chegada dos dois bandeirinhas. Juntos, sem necessitarem, pelo menos por enquanto, da proteção da polícia, seguem para o vestiário. Lá, tomam água e conver-sam sobre o andamento do jogo. Tudo bem, jogo tranqüi-lo, sem problemas. "Aquele lateral é que bate demais", diz um dos auxiliares. "Mais uma e eu boto ele para a rua", ga-rante-lhes o árbitro. Hora de voltar a campo. O trio vai para o gramado. Os dois times reaparecem. O jogo reinicia.

Os primeiros dez minutos transcorrem sob controle total da arbitragem, até que não dá outra: o lateral-esquer-do, cada vez mais violento, dá um carrinho por trás num adversário. Ouve-se em boa parte do estádio o som macabro da tíbia se quebrando. O lateral é imediatamente cercado por jogadores adversários em fúria. Então chegam os com-panheiros do lateral, em seu socorro. O primeiro soco nin-guém jamais soube de onde partiu. Atingiu, no nariz, um zagueiro do time local, que, tomado de dor lancinante, co-bria com as mãos o rosto ensangüentado e gritava de dor.

A pancadaria se generaliza entre os jogadores. A polícia intervém com rapidez e firmeza. O saldo da briga: cinco expulsões (três jogadores do time visitante, dois do local), quatro cartões amarelos e três torcedores presos por invadirem o campo. A partida prossegue.

"Essa violência, essa ira, essa irracionalidade que de repente domina a todos, transforma a todos em ogros sanguinários — o que significa isso? De onde vem isso? Parece que não há como nos livrarmos dessa tensão constante, dessa eterna tendência para o desatino. De um instante para o outro, joga-se fora o que vinha sendo conquistado ao longo de milhões de anos. Seres pacíficos viram monstros. Equilíbrio e docilidade são subjugados pelo instinto de destruição, pela sanha assassina. Num piscar de olhos, ou menos do que isso, toda a nossa obra de civilidade desaba e sobram unicamente o cheiro do sangue e as bocas secas de raiva. É espantoso que ainda existam árvores em pé neste mundo."

O árbitro apita o final do jogo. O resultado é 1 x 0 para o time visitante. Nenhum jogador vem apertar-lhe a mão. Agora será preciso proteção policial para o trio chegar ao vestiário e, quiçá, deixar o estádio. "Paciência", reflete o árbitro, "não vai ser a primeira vez, nem a última, com a mais absoluta certeza — a menos que eu decida o contrário e coloque um fim nessa maluquice em que se transformou a minha vida".

Ao chegar em casa, o árbitro é recebido no portão pela mulher, como sempre. O filho assistiu o jogo e já foi dormir. Mandou dizer que falaria com o pai no dia seguinte. A esposa diz: "Fiquei preocupada. Foi tudo bem na saída?". O árbitro responde: "Tudo bem". Então ela diz: "Tem macarrão e carne assada. Você está com fome?". Agora ele nada diz, apenas sorri — um sorriso sombrio.

Naquela noite, como estava se tornando cada vez mais comum depois dos jogos que apitava, ele comeu pouco, não fez amor com a mulher e sonhou que corria nu pelas ruas da cidade, enquanto as pessoas apontavam para ele e riam dos detalhes do seu corpo e do imenso pavor estampado em seu rosto.

O RESERVA

A vida, ele achava, era assim mesmo. Esse negócio de justiça, de merecimento, de colheita conforme o plantio, era muito, muito relativo. Não que tivesse se tornado um sujeito acomodado. Não, não mesmo. Mas acontece que também não queria virar um escravo da própria revolta, uma figura amarga e maledicente, um corvo em forma de gente. Mas a ira, ah!, que Deus o perdoasse, é impossível deixar de admitir, a ira não parava de crescer dentro dele.

Era reserva já havia quase quatro anos. Sim, senhor. Sabe lá o que é isso? E não apenas isso, não apenas um reserva durante quase quatro anos, mas um reserva durante quase quatro anos que não tinha a menor perspectiva de conquistar uma vaga no time titular. Sequer disputava posição. Por quê? Simples: porque era o reserva de um dos melhores goleiros do país na atualidade. Ele, o reserva, estava lá somente para o caso de o dono da camisa 1 se machucar ou ser suspenso por causa dos cartões amarelos ou vermelhos, coisas que jamais aconteciam, porque aquele infeliz, aquele filho da mãe — era assim que ele tratava o companheiro em pensamento — jamais se lesionava ou tomava um cartão. Aquele desgraçado, ele repetia intimamente, tinha a força de uma locomotiva e a disciplina de um soldado de elite. Quanto tempo mais na reserva? Desse jeito, quem sabe talvez mais umas duas ou três encarnações, coisa rápida.

Publicamente, no entanto, controlava-se. Ninguém fazia idéia do que se passava com ele. Alguns, é claro, desconfiavam da sua inconformidade com a situação, mas nunca ninguém chegou a pensar que ele pudesse criar caso, pedir para ir embora, coisas desse tipo. Tinha sido formado no clube, pelo qual, todos sabiam, nutria um sentimento de ilimitadas paixão e fidelidade. Mas quase quatro anos na reserva... Sabe lá o que é isso?

Quase quatro anos, ou seja, desde que fora promovido dos juniores. Nunca — e é nunca mesmo — sentira o gostinho de entrar em campo com a camisa titular. O melhor que conseguira desde que se profissionalizara foi iniciar o segundo tempo de uma partida amistosa, jogo de início de temporada. Mas ele nem conseguira atuar por quinze minutos, pois foi atingido com um joelhaço nas costas, numa cobrança de escanteio — um lance covarde, cujo vilão foi um zagueiro que adorava dar carrinhos por trás, usar o cotovelo e outras coisas do gênero. Ficou quase três meses parado por conta da lesão, mais uma das tantas que vinha tendo desde os tempos de infanto-juvenil. E além disso, tinha musculatura flácida, segundo diziam os médicos — um problemão.

Com o passar do tempo, tornou-se invisível. Para os repórteres setoristas, ele praticamente não existia. Nunca era solicitado para entrevistas. Os torcedores que costumavam assistir aos treinos só percebiam a sua existência quando ele participava de algum lance de ataque do time titular. As crianças não lhe pediam autógrafo.

Naquela noite, depois de mais um jogo sentado no banco de reservas, ele chegou em casa nem alegre, nem triste, como sempre. Beijou a mulher, que estava no sofá, assistindo TV, e foi deixar suas coisas no quarto. Na volta à sala, a mulher perguntou:

— Como foi o jogo?

Ao que ele respondeu:

— Ganhamos. 2 x 1.

A esposa se empertigou no sofá, sem conseguir evitar a excitação, e indagou:

— Ele levou um gol, é?

— Levou.

— E foi... Foi...

— Não, não foi frango. Foi de pênalti. E ele quase pegou.

— Sei — suspirou a mulher do reserva, voltando a olhar para o aparelho de TV.

Naquela noite, ele teve um sonho muito estranho, que terminou por fortalecer uma idéia que já há algum tempo vinha rondando a sua cabeça. No sonho, ele entrou em campo com a tão desejada camisa número 1, puxando o time. O estádio, completamente lotado, parecia que iria explodir a qualquer momento. Foguetes, buzinas, batucada, o grito ensurdecedor da torcida. Final de campeonato. O adversário tinha a vantagem do empate e, portanto, tomar um gol seria uma tragédia. Mas que levar gol, coisa nenhuma. Ele teve foi uma grande atuação. Fez defesas inacreditáveis, cinematográficas. Aos gritos, comandou o time. Foi um dos principais responsáveis pela conquista do título. Encerrado o jogo, entretanto, todos — repórteres, companheiros de time, integrantes da comissão técnica, dirigentes e torcedores — correram para o banco de reservas, de onde retiraram o goleiro que lá estava — o goleiro titular na vida real —, colocaram-no nos ombros e partiram para uma espetacular volta olímpica exibida pela TV para todo o país. Ele, o goleiro que salvara o time inúmeras vezes durante a partida, estava ali, sozinho, perplexo, sentindo-se abandonado, excluído, um doente contagioso, olhando tudo com os dois pés sobre a linha da pequena área. Ninguém foi cumprimentá-lo. Nenhum repórter foi em sua direção, com seus microfones e gravadores. Não houve um torcedor sequer que tenha gritado seu nome.

Acordou sobressaltado, banhado de suor e com lágrimas nos olhos. A mulher, com espanto e preocupação, olhava para ele cheia de comiseração e angústia. Jamais falaram sobre aquilo. Nem era preciso.

O campeonato prosseguia, com três equipes se revezando na liderança da tabela a cada rodada. O time ia bem, e não era à toa. Tinha um ataque eficiente, comandado por um centroavante matador e que, além disso, possuía um passe perfeito e vivia colocando os companheiros na cara do gol. O meio-campo mesclava criatividade e força em iguais e generosas medidas: a armação das jogadas era feita com extrema qualidade e o sistema de marcação era, normalmente, intransponível. A defesa era uma muralha. A única deficiência estava na lateral-esquerda, ocupada por um jovem jogador que, vez por outra, achava que sabia mais do que realmente sabia e, por isso, fazia bobagens. Nada, contudo, que uma boa cobertura não resolvesse. No mais, o rapaz era uma grande promessa. Um dia seria craque, todos sabiam disso. Por fim — ou seria para começar? — havia um goleiro que era um mágico, um homem que, segundo os mais místicos asseguravam, tinha poderes sobrenaturais. A verdade, porém, é que se tratava de um goleiro genial, um atleta exemplar, que mantinha-se em forma fazendo muito mais do que era pedido pelos preparadores físicos do clube.

Foi então, depois da disputa da penúltima rodada, que ficou definido que o time ia disputar o título com o seu maior rival. Era a primeira vez que isso acontecia. Os dois times jamais haviam jogado uma final de campeonato nacional. Seria uma disputa caseira — pois os dois clubes eram da mesma cidade — para ver quem era o melhor no país. A aldeia tornava-se maior do que o reino. Os nervos de todos estavam à flor da pele. Discutia-se a decisão em todo canto — nos escritórios, nos bares, nas ruas, nos hospitais, na Câmara de Vereadores, nos cursos de noivos. Apostas, provocações, promessas, despachos — a cidade se transformara numa grande cena surrealista. A paixão e a loucura estavam soltas e dando as cartas.

Na manhã do dia anterior ao do grande jogo, os jogadores do time se reuniram, no estádio, para iniciar a concentração. Todos estavam lá, a motivação estampada em cada rosto, a adrenalina começando a sair pelos poros. Todos estavam lá, prontos para o... para o... Todos? Não, não estavam todos lá. Lima, o goleiro titular, não tinha aparecido para concentrar, fato para lá de inédito. "Cadê o Lima?", todos se perguntavam. "Onde é que ele se meteu?" Mas ninguém tinha resposta para isso. Funcionários telefonaram para a casa do goleiro. Nada. Esses mesmos funcionários foram mandados à bela casa, num dos bairros mais nobres da cidade. Nada. Nenhum vizinho sabia de nada. Ninguém vira o goleiro. Alguém conseguiu o telefone da namorada. Do clube, um integrante da comissão técnica ligou para a moça. "Você sabe do Lima?", foi a pergunta. "Eu? Não. Ele ficou de vir aqui ontem à noite, mas não apareceu. Por quê? Aconteceu alguma coisa?"

O dia passou sem que surgisse uma única pista do paradeiro de Lima, o grande goleiro. Na manhã do dia da decisão, o clima era de forte apreensão no clube. O que teria acontecido com Lima?, era, de início, a pergunta insistente, que, com o passar das horas, foi sendo substituída por outra: Será que ele vai aparecer a tempo? Conjecturas começaram a pipocar aqui e ali. As suposições mais absurdas iam se sucedendo.

Fechado com os companheiros na concentração, o goleiro reserva acompanhava o desenrolar dos fatos. Os primeiros tapinhas nas costas já começavam a acontecer. Os jogadores foram chamados para o vestiário. Nada de Lima. O técnico decidiu que, daquela vez, não faria preleção — apenas conversaria rapidamente com cada jogador, em separado, rápidas palavras, para dar apoio. De uniforme, os jogadores começaram a aquecer. E nada de Lima. O treinador chamou o goleiro reserva num canto. Sem hesitar, disparou:

— Confio em você, garoto.

— Pode confiar — respondeu o goleiro reserva com firmeza.

Hora de entrar em campo. "Fica frio, fica frio, fica frio", repetia para si mesmo, mentalmente, o goleiro reserva. Sabia que se deixasse o nervosismo tomar conta, seria um desastre. Então começou a pensar sobre o quanto tinha sonhado com aquele momento e foi, aos poucos, se acalmando. Pensou também em Suzana, sua mulher, que estaria rezando em casa por um bom desempenho dele na partida. Pensou no filho que estavam planejando ter no ano que vem. Pensou na mãe, que ficara sozinha no mundo, com cinco filhos para criar, quando o marido, açougueiro, morreu atropelado a caminho do trabalho.

A partida foi difícil, não poderia ter sido diferente, mas ele comportou-se como um veterano. Não se ressentiu da falta de ritmo de jogo. No primeiro tempo, fez três defesas difíceis. Uma delas, na verdade, foi milagrosa — uma bola espalmada para escanteio num chute à queima-roupa. Durante o intervalo, ele foi o centro das atenções. Antes de conseguir chegar ao vestiário, falou para um sem-número de repórteres que se acotovelavam na beira do gramado. "Como é que foi aquela defesa?", perguntavam alguns. "Está sentindo a falta de ritmo?", queriam saber outros. E, é claro, "Você sabe o que é que houve com Lima?". No vestiário, recebeu muitos cumprimentos e palavras de estímulo dos companheiros, do técnico e do pessoal da comissão técnica. Antes de voltar para o campo, deu um forte abraço no seu Flávio, o roupeiro, que sempre lhe dera muito apoio.

No segundo tempo, saiu-se ainda melhor do que no primeiro. Logo aos 5 minutos, defendeu uma cobrança de falta no ângulo. Três minutos depois, teve que sair com os pés num contra-ataque do time adversário e, ao chutar a bola para a lateral, foi muito aplaudido pela torcida. Aos 23 minutos, pouco antes do time fazer o gol que garantiria o título, ele foi atingido numa disputa de bola com um atacante rival. Teve que sair corajosamente nos pés do jogador, que não fez muita questão de evitar que o bico da chuteira acertasse o rosto do oponente. Foi um corte pequeno mas profundo. Passou o restante da partida com uma bandagem sob o olho direito. Faltando três minutos para o fim do jogo, a torcida começou a gritar o nome dele. Sim, senhor. Quem diria... "É para mim, é para mim", ele repetia em pensamento, embasbacado.

Foi o grande nome do jogo. O presidente do clube foi parabenizá-lo no vestiário. As câmeras, os microfones e as máquinas fotográficas estavam todas voltadas para ele. E a torcida não parava de gritar seu nome: "Ei, ei, ei, Maciel é nosso rei", ou então simplesmente "Maciel, Maciel, Maciel". Mais tarde, na festa promovida pelo clube numa boate, ele e Suzana dançaram e cantaram e beberam a noite inteira, e foram felizes como nunca, sob os olhares de aprovação de todos.

Dois dias depois disso, o corpo do goleiro Lima foi encontrado num matagal próximo ao estádio. Tinha quatro perfurações de bala — duas na cabeça e duas no tórax. Um fato, em especial, chocou a todos, principalmente àqueles que viram o cadáver do grande arqueiro: as mãos tinham sido decepadas (nunca foram encontradas). O instrumento usado pelo assassino para cortar as mãos de Lima, ao que tudo indicava, segundo a polícia, tinha sido um cutelo. Apesar do grande escândalo e da enorme repercussão que causou na época, o crime jamais foi esclarecido.

O MATADOR

O treino tinha começado às 8 horas, sob uma chuva fina e uma temperatura de 7º C. Estavam todos lá, pela primeira vez naquela temporada. Os lesionados estavam recuperados. Os suspensos por cartões amarelos e vermelhos já tinham cumprido suas penas. Os contratos encerrados no meio do ano foram renovados sem problemas. Em segundo lugar na tabela, o time, finalmente, entraria em campo completo no domingo — o que era motivo de grande alento, porque, a quatro rodadas do término do campeonato, a diferença para o líder era de sete pontos.

O coletivo de sexta-feira tinha começado logo após o término do aquecimento orientado pelo preparador físico, que se chamava Marçal Lopez e era o braço-direito do técnico do time, o legendário Ary Santamaria. Os jogadores titulares receberam os coletes laranja, e os reservas, os azuis. Santamaria não parava de gritar com os jogadores e a todo instante mandava que repetissem uma saída de jogo, uma cobrança de lateral ou de escanteio, uma jogada ensaiada em cobrança de falta. Logo que assumiu o comando da equipe, Santamaria era muito criticado — principalmente pelos jogadores — por causa de seu perfeccionismo. Com o tempo, entretanto, à medida que as coisas corrigidas e combinadas nos treinos iam dando certo nos jogos, essas reclamações se transformaram em elogios cada vez mais eufóricos. Santamaria era assim. Em todos os clubes pelos quais havia passado, sua imagem, de início, sempre fora a do homem sisudo, detalhista e, além disso, ultrapassado. Após algumas semanas, contudo, nunca mais do que isso, todos já estavam entendendo que a "sisudez" era, na verdade, timidez; que o "detalhismo" significava um grande senso de profissionalismo e uma visceral vontade de vencer; e que, por fim, a "obsolescência" consistia simplesmente na correta valorização de procedimentos e convicções que os modismos inconseqüentes tentavam enterrar em nome de uma muito duvidosa "nova realidade", a qual, na cabeça de alguns, devia enterrar tudo o que fosse "antigo" — não pelo fato de ser bom ou ruim; certo ou errado; bonito ou feio; mas pelo fato de ser "antigo".

Naquele time, o jogador que mais rapidamente entendeu a atualidade do velho Santamaria, e percebeu sua sabedoria, foi um volante alto e magro, com passada elegante, dono de um passe preciso e de um potente chute de média distância chamado Ernesto Rubem. Enquanto seus companheiros de time, depois dos treinos, gastavam o que tinha lhes restado de saliva falando mal do treinador, Ernesto Rubem tentava entender que intenção tivera Santamaria ao fazer um ou outro comentário ou ao mandar repetir uma determinada jogada aparentemente sem importância. Ernesto Rubem era todo ouvidos e olhos para o velho Santamaria. E estava aprendendo muito. Santamaria sabia disso. E gostava da postura do seu camisa 5.

Foi em razão disso, e de uma disciplina tática impressionante, que Ernesto Rubem acabou se tornando capitão do time e voz do treinador dentro de campo. Ernesto Rubem aprimorava em ritmo acelerado a sua capacidade de "entender" o jogo taticamente e, em determinado momento, só ele, entre todos os jogadores, via coisas ainda por acontecer. Essa antevisão das jogadas era resultado direto da influência do treinador.

Ernesto Rubem comandava todo o sistema de marcação da equipe, contando, para isso, com a ajuda de um outro meio-campista abnegado, chamado Atílio. Ernesto Rubem era, cada vez mais, um jogador daqueles de quem se diz que "joga para o time, e não para a torcida". No clube, jamais lhe faltou reconhecimento. Do mais anônimo dos reservas até o presidente, passando pelos jogadores titulares e a comissão técnica, todos admiravam a sua seriedade e enalteciam a contribuição de Ernesto Rubem para a equipe.

Se ele, contudo, era uma unanimidade no clube, externamente a história não se repetia. Havia, na torcida, uma divisão entre aqueles que o viam como um guerreiro, o grande líder do time, um jogador que sabia jogar com ou sem a bola, e aqueles que achavam que Ernesto Rubem era, na verdade, um enganador, um cabeça-de-bagre, um carregador de piano que só sabia destruir jogadas e que, com a bola nos pés, não passava de um meio-campista burocrático.

Ernesto Rubem não se incomodava com o que diziam seus críticos. Também não se perturbava com as vaias que começavam a surgir quando o time não se apresentava bem e era ele, como já estava se tornando habitual, o escolhido para pagar a conta. Ele sabia que, para cada um que vaiava, havia pelo menos um que aplaudia. E sabia que, quando o time se exibia convincentemente e vencia, os que o haviam vaiado em jogos anteriores, agora o aplaudiam. Sabia como era o futebol e, portanto, não se assombrava com pouca coisa.

Naquela manhã de sexta-feira, contudo, aconteceu algo que o tirou do sério pela primeira vez desde que tinha se profissionalizado. Havia alguns torcedores junto ao alambrado assistindo ao coletivo. A maioria estava em silêncio, aplaudia as boas jogadas e, quando alguém errava, ficava em silêncio. Mas um grupo não agia dessa forma. Eram rapazes na faixa dos 20 anos. Eles falavam em voz alta, às vezes gritavam alguma coisa, assobiavam e riam quando algum jogador errava um lance. Entre esses jovens, havia um que gradativamente foi se sobressaindo, até o ponto em que começou a xingar os jogadores. Dizia muitos palavrões e fazia questão de mostrar-se revoltado com a "ruindade" de alguns. A vítima preferencial de seus ataques era Ernesto Rubem. Com o decorrer do treino, o volante capitão do time passou à condição de vítima única.

Transtornado, o torcedor, agarrando o alambrado, gritava:

— Bundão! Bundão! Ganha um monte de dinheiro e só faz merda! Vamos perder o campeonato por tua culpa, seu bundão!

Quando funcionários do clube já se encaminhavam para retirá-lo do estádio, o rapaz gritou duas, três vezes o nome de Ernesto Rubem, e disse:

— Você é um enganador! Um merda! Não joga porra nenhuma! Você é um merda!

Ernesto Rubem saiu em disparada e, depois de se desvencilhar de dois companheiros que tentaram segurá-lo, foi em direção ao grupo onde estava o jovem. Aproximou-se, afastou um, afastou outro, agarrou o rapaz pela gola da jaqueta de couro preta e deu-lhe um soco, atingindo em cheio o nariz. O sangue começou a jorrar imediatamente do nariz quebrado. Quando ia dar o segundo soco, foi contido por dois funcionários do clube e por alguns companheiros de time. Com as mãos sobre o nariz ensangüentado e já bastante inchado, o rapaz chorava, de dor e de raiva, e, aos berros, ameaçava:

— Eu vou te matar, seu filho da puta! Eu vou te matar!

Foi levado para fora do estádio pelos amigos, que eram observados a curta distância pelos funcionários do clube, agora mais numerosos. Enquanto era conduzido para uma picape vermelha estacionada em frente à entrada principal, o rapaz repetia, como se fosse a única coisa que tivesse aprendido a dizer em toda a sua vida:

— Eu vou te matar, seu filho da puta! Eu vou te matar!

O treino daquele dia foi encerrado ali. Ary Santamaria sabia que não havia mais condições psicológicas para prosseguir com o coletivo. No vestiário e na saída do estádio, Ernesto Rubem foi consolado por quase todos os jogadores e integrantes da comissão técnica. As palavras mais carinhosas, porém, vieram do "seu" Nelson, o roupeiro, e de Santamaria. Em mais ou menos três minutos de conversa, o velho treinador disse-lhe muito mais do que poderiam dizer seus companheiros em uma semana de bate-papo ininterrupto.

No dia seguinte, os três jornais da cidade — dois deles de circulação nacional — estamparam na capa fotos dele socando o jovem torcedor. Leu os jornais em casa, de manhã. Achou que as matérias lhe eram favoráveis, mesmo que todas elas deixassem claro o seu momentâneo descontrole.

Ao chegar ao estádio, onde o time ficaria concentrado, logo percebeu a disposição de todos em evitar comentários sobre o ocorrido no dia anterior. Depois de uma noite maldormida e de um início de dia angustiante, ele agora começava a se acalmar. Dali a pouco tempo, começou a sentir-se bem novamente e, por fim, conseguiu focar seu pensamento apenas no jogo do dia seguinte.

No domingo, acordou cedo, como de costume, e foi tomar o café da manhã. Na noite anterior, Santamaria tinha reunido o grupo para mostrar fitas com compactos de jogos do adversário. Tinham conversado muito, discutido os pontos fortes e os problemas de ambos os times, exposto preocupações, feito sugestões. Ainda estavam falando sobre isso na mesa do refeitório quando um funcionário do clube se aproximou e disse que havia uma ligação para Ernesto Rubem.

— Você sabe quem é? — perguntou o jogador.

— É o seu irmão — disse o funcionário.

Ernesto Rubem levantou-se de imediato e foi para a sala de estar da concentração, onde havia um telefone. De súbito, tinha ficado preocupado. O irmão morava com os pais no interior e, em virtude da doença da mãe, qualquer telefonema era motivo de sobressalto.

Pegou o telefone e disse:

— Alô, Marcos? É o Ernesto.

Silêncio do outro lado da linha. De repente, uma voz gutural disse:

— Que Marcos, porra nenhuma. Eu vou te matar, seu filho da puta! Vou te matar!

— Quem está fa...

Antes que Ernesto Rubem completasse a pergunta, o telefone foi desligado. O jogador ficou parado, com o telefone colado à orelha, olhando para um ponto fixo na parede branca. Mais um pouco e desligou o aparelho.

Ernesto Rubem procurou pelo funcionário que o tinha avisado da ligação. Perguntou-lhe sobre o que a pessoa havia dito ao telefone, mas o funcionário pouco pôde acrescentar.

— Ele disse apenas que era seu irmão e que precisava muito falar com você. Como eu percebi que ele tinha urgência, fui direto te chamar. Nem falei antes com o seu Santamaria, que é o que a direção mandou a gente fazer quando alguém telefona para os jogadores na concentração.

— Tudo bem. Muito obrigado.

— Houve algum problema? — quis saber o funcionário, curioso.

— Problema nenhum — respondeu o jogador, secamente.

O time de Ernesto Rubem venceu o jogo daquele domingo, mas não jogou bem. O placar de 3 x 1 não traduziu o que aconteceu dentro de campo. Ernesto Rubem esteve mal: errou muitos passes, foi driblado infantilmente duas vezes — em uma delas, o time adversário fez o seu gol — e levou um cartão amarelo por reclamação num lance em que nitidamente o árbitro estava certo.

À noite, em casa, já tinha desligado a televisão e se preparava para dormir quando o telefone tocou. Era Marcos, seu irmão, dizendo que tinham assistido ao jogo e que ele, Ernesto Rubem, não devia se abater porque não se pode jogar bem sempre. Ernesto Rubem perguntou pelos pais, mandou abraços a eles, agradeceu o telefonema e desligou. Estava no banheiro, escovando os dentes, quando o telefone tocou novamente. Ele conseguiu chegar ao quarto a tempo de atender à chamada.

— Alô — disse o jogador.

Do outro da linha, depois de um breve silêncio, aquela mesma voz gutural disse:

— Pode se preparar, seu bundão. Pode se preparar porque a tua hora vai chegar. Eu vou te matar, seu merda, seu filho da puta!

Mais uma vez, antes que Ernesto Rubem pudesse completar a primeira frase, a ligação foi interrompida.

"A polícia", pensou Ernesto Rubem, deitado de costas na cama, os olhos ainda muito abertos. "Amanhã cedo vamos à polícia."

Na manhã seguinte, entretanto, ele não foi à polícia. E não o fez por duas razões. Primeiro, porque desconfiou que estava dando crédito demais a um "garotão invocado", a um "filhinho de papai com muita boca e pouca coragem". Segundo, porque sabia que, se fosse à polícia, a história iria vazar para a imprensa, o que certamente acabaria por prejudicá-lo no clube.

Aproveitou a segunda-feira de folga para dormir até tarde. Quando a fome começou a bater, tomou um banho, vestiu-se, pegou o carro e foi para uma churrascaria na zona norte da cidade, cujo dono era seu amigo. Foi saudado, como de praxe, pelo proprietário, que já o esperava à porta, pelos garçons e por alguns freqüentadores. Comeu costela, picanha e lombinho com queijo, bebeu água mineral, pediu abacaxi de sobremesa, deu alguns autógrafos e foi embora.

Resolveu dar uma volta pela cidade, antes de ir para casa. Estava rodando numa das largas avenidas que conduziam ao centro quando se convenceu de que estava sendo seguido. Tinha percebido o carro cinza atrás dele desde a saída da churrascaria. De início, apenas desconfiara. Mas agora, na avenida, a coisa tinha ficado clara, inegável. Estava, sim, sem dúvida, sendo seguido. O que faria? Tentou se acalmar. Respirou fundo, manteve os olhos no retrovisor e não alterou a velocidade do carro. Pensou em despistar o perseguidor com manobras inesperadas, mas achou que poderia acabar causando um acidente. Então considerou a possibilidade de parar junto ao primeiro policial que encontrasse no caminho, mas, além de não ter encontrado nenhum, temeu ser reconhecido e chamar demais a atenção e, por fim, ser o centro de algum tipo de tumulto — idéia que o apavorava como poucas outras. Foi assim que ele resolveu simplesmente ir em frente. Teve a sensatez de não se aproximar de casa e seguiu unicamente por avenidas movimentadas.

De repente, notou que o carro cinza tinha encurtado a distância. Ficou atento, observando os movimentos do veículo pelo retrovisor. O carro se aproximava. Ao contrário dele, o motorista era extremamente hábil na direção. Ernesto Rubem viu o carro cinza emparelhar com o seu. Tenso, arriscou uma olhada para o lado. Viu que o motorista usava boné e óculos escuros, e que tinha um grande curativo no nariz. Voltou a olhar para a frente, esforçando-se para manter a velocidade e o controle do carro. De novo olhou para o lado. O homem agora estava sorrindo. Ernesto Rubem olhou em frente. Quando voltou a virar o pescoço, o motorista do carro cinza apontava uma pistola automática. Ernesto Rubem tentou jogar o carro para a direita, numa manobra desesperada. O homem do carro ao lado fez vários disparos. O carro de Ernesto Rubem, descontrolado, subiu na calçada, derrubou latas de lixo e barracas de camelô e chocou-se contra um poste de iluminação. O carro cinza seguiu em frente. O corpo inerte de Ernesto Rubem caiu sobre o volante, acionando a buzina. Por causa dos tiros que lhe desfiguraram o rosto, só foi reconhecido quando os policiais encontraram a carteira com os documentos num dos bolsos traseiros da calça jeans.

O crime não teve testemunhas. E, se as teve, ninguém jamais chegou a saber quem eram elas, porque não se apresentaram. Mais um caso sem solução na metrópole violenta — mesmo que, desta vez, tenha envolvido uma celebridade.

Algumas semanas depois, o dia-a-dia no clube começava a retomar um pouco da normalidade. Com o tempo e a seqüência de jogos, a morte de Ernesto Rubem foi sendo absorvida. Até o dia em que o assassinato do capitão do time se tornou apenas um trágico acontecimento na história do clube.

Foi nessa altura que, durante um treino da equipe no gramado suplementar, voltaram-se a ouvir gritos, vindos do alambrado. Desta vez, tinham como alvo o velho treinador Santamaria.

— Burro! Burro! Pede para ir embora, seu monte de bosta! Desaparece! Some do mapa, seu merda!

O autor dos berros desatinados, selvagens, era um rapaz de jaqueta de couro preta e nariz visivelmente torto.

PERSEGUIÇÃO

Ele sabia que não tinha feito uma grande partida. Errou alguns passes, poderia ter se esforçado mais na marcação, perdeu um gol por pura precipitação. Tudo verdade. O jogo do dia anterior, um domingo de céu limpo e temperatura amena, jamais poderia ser incluído entre os melhores momentos de uma carreira que, apesar de breve, já era repleta de conquistas importantes.

Certo. Deixou a desejar, poderia ter feito mais, etc. e tal. Admitia isso. Mas também não achava que a sua atuação tivesse sido desastrosa. Pelo menos não mais desastrosa do que a de qualquer um de seus companheiros de time (com exceção do goleiro, que fez algumas defesas inacreditáveis). O próprio treinador dissera, no vestiário, logo após o jogo, que tinha ficado satisfeito com o meio-de-campo do seu time, em especial com o trabalho dos meias. E ele era um dos meias!

"Então, por que é que esse cara encarnou só em mim de novo?", ele se perguntava agora, na manhã do dia seguinte ao jogo, sentado no balcão da cozinha, lendo a principal coluna do caderno de esportes. "Esse cara tá de sacanagem comigo", repetiu para si mesmo pela quarta ou quinta vez desde que começara a ler o texto. Furioso, gritou um palavrão, dobrou o jornal e o jogou no chão molhado da área de serviço.

À tarde, na reapresentação, foi abordado por Josias, capitão do time e jogador mais experiente do elenco:

— Que é que houve, Flavinho? Que cara é essa?

— Nada, nada. Tá tudo bem.

— Aquele cara tá te perturbando, né?

— Pô, Josias, não sei qual é a dele! Tô de saco cheio. E o pior é que não é só no jornal. O viado também trabalha na televisão e no rádio.

— Esses caras são assim mesmo, Flavinho. Não esquenta a cabeça. Daqui a pouco ele te esquece e pega no pé de outro.

— Pois é, só que já faz um ano que ele não perde uma chance de me esculhambar.

Um outro jogador chegou junto deles e fez uma piada sobre o treinador. Todos riram, Flavinho meio sem vontade, e foram para o gramado suplementar, onde o treino coletivo ia ser realizado.

O nome do jornalista era Sérgio Chaves. Colunista veterano, tinha fama de bater forte em quem quer que fosse — jogadores, técnicos, cartolas. Os amigos diziam que se tratava de um crítico rigoroso, mas justo; profissional sério, profundo conhecedor do futebol. Os inimigos sustentavam que o sujeito pegava pesado com atletas e treinadores, mas que aliviava com os dirigentes; que não criticava, mas sim perseguia; que era inescrupuloso e venal; e que, além de tudo isso, era um enganador que entendia tanto de futebol quanto qualquer torcedor de arquibancada. Amigos e inimigos concordavam, porém, numa coisa: quando ele escolhia um alvo, não havia quem o fizesse mudar de idéia, ou mesmo maneirar no bombardeio. Era impiedoso.

Ao reler pela terceira vez a coluna que escrevera para a edição daquele dia, achou que talvez tivesse exagerado um pouco na análise da atuação do meia Flavinho. "Sonolento, desligado, omisso, deixou que seus companheiros de meio-campo ficassem sobrecarregados na marcação. Esse jogador, a quem, a meu ver, falta talento e um mínimo sentido de equipe, foi incompetente também no aspecto ofensivo: fez tentativas de lançamento tragicômicas e jamais buscou a aproximação com os homens de frente. Somente a existência de um amigo, com muita influência no clube, pode explicar a permanência desse jogador (?) no time." E isso foi apenas um trecho.

Na quarta leitura, contudo, achou que a coluna estava muito boa. Achou que acertara mais uma vez. Outra análise "lúcida e corajosa", outro texto "antológico". (Naquele dia, o esforço teve de ser um pouco maior: normalmente, ele chegava àquela conclusão na segunda leitura, na pior das hipóteses.)

Mais tarde, a caminho de casa, dirigindo em silêncio, ele sentiu que havia algo, uma sutil inquietação, uma ponta de dúvida que nem as habituais ginásticas mentais tinham conseguido eliminar da sua cabeça: a avaliação mais dura, a crítica mais ácida que fizera na coluna fora dirigida ao meia Flavinho. Disparado, o rapaz recebera a carga mais pesada, o tratamento mais hostil. "O problema", pensou de repente o velho jornalista, "é que o rapaz não foi o pior em campo". Teve muita gente, o colunista admitiu, dos dois lados, que não jogou a metade do que Flavinho jogou. E no entanto Flavinho fora massacrado na coluna — sozinho. "Por quê?", perguntou-se em pensamento o profissional de imprensa, para logo em seguida voltar à velha forma: "O que é isso, meu chapa? Que negócio é esse? Está amolecendo? É a idade, só pode ser a idade... Pau na mediocridade!".

E foi assim que se encerrou o mais profundo exame de consciência a que Sérgio Chaves se submeteu em toda sua vida.

No estacionamento do estádio, o meia Flavinho, que há um ano apanhava de um colunista por pura e simples questão de hábito, terminou de dar uma entrevista, entrou no carro e rumou para a casa dos pais. Tinha feito um treino excelente: marcou dois gols, deu passe para outros dois, defendeu, armou, atacou, em certos momentos arrancou aplausos dos torcedores que assistiam ao coletivo. Mas o problema é que Flavinho tinha errado um passe. Um único passe ao longo de todo o treino. Um passe de calcanhar. Então os torcedores que há pouco estavam aplaudindo começaram a ficar irritados com o rapaz e as vaias não demoraram a surgir. E quando o treino acabou os torcedores não falavam em outra coisa a não ser o passe que Flavinho errara. O passe que o "cabeça-de-bagre" do Flavinho errara. O passe que o "perna-de-pau" do Flavinho errara. E demorou pouco, muito pouco, para que o primeiro torcedor dissesse que não eram à-toa aquelas coisas que o jornal dizia do Flavinho. E que tinha gente de olho no Flavinho. E que o Flavinho se cuidasse!

Assim, a tese do veterano colunista ia se confirmando mais e mais a cada dia, ia se legitimando no grito rouco e irado do torcedor. Grito que suas palavras fizeram surgir. Grito que jamais teve nada, em absoluto, a ver com o futebol do jovem meia Flavinho, que acabou sendo negociado com um time do interior e dali a mais algum tempo sumiu do cenário por completo, como se jamais tivesse existido.

O SEGREDO DO ZAGUEIRO

Era um zagueiro muito alto, forte, com cara de galã americano e conta bancária que não parava de engordar. Tinha sido formado ali mesmo, nas categorias de base do clube. Aos 28 anos, ouvia diariamente conselhos sobre as vantagens de uma transferência para algum time da Europa. Os convites se tornavam cada vez mais freqüentes e se sua resistência em deixar o clube impediu-lhe, por um lado, de fechar contratos milionários, por outro fez com que se tornasse, para a torcida, um símbolo de amor e fidelidade à camisa que vestia desde os 13 anos.

Bem-apessoado, adorado pelos torcedores, respeitado pela imprensa, vivendo uma situação financeira bastante confortável, o zagueiro também era solteiro, o que o colocava na condição de um dos homens mais assediados pelas mulheres da cidade. Modelos, atrizes, atletas de outras modalidades — todas o assediavam constantemente e, em alguns casos, de maneira nada sutil.

Em certa ocasião, cansada de tentar falar com ele por telefone sem obter sucesso, uma apresentadora de TV ficou a manhã inteira com seu carro estacionado em frente ao estádio. Quando o zagueiro estava saindo, ela arrancou e atravessou o carro em frente ao dele, impedindo-lhe a passagem. Em seguida, saiu do automóvel e disse alto e bom som, para quem quisesse ouvir (e naquele momento havia muita gente que queria ouvir): "Daqui nós só vamos sair no mesmo carro. Pode ser no meu ou no seu, tanto faz". O zagueirão deu de ombros, fez um ar de vítima de alguma fatalidade, saiu do carro, foi até a guarita de segurança, deu instruções ao funcionário que lá estava e entrou no carro da mulher, que engatou a primeira e arrancou, sob os aplausos e assobios de um grupo de torcedores que aguardavam o término do coletivo para pedir autógrafos.

Mas esta é apenas uma das tantas histórias envolvendo o zagueiro e as mulheres. Elas não paravam de aparecer, e ele não cansava de vê-las aparecer e de atender aos seus desejos. Ele gostava disso — e como gostava.

Tudo corria normalmente até que, certo dia, fatos estranhos começaram a acontecer, ninguém sabe bem como nem quando. De repente, o zagueiro começou a pedir a companheiros de time, funcionários do clube, amigos, vizinhos e conhecidos que o ajudassem a evitar a aproximação das mulheres — todas elas.

A conclusão geral, de que alguma coisa não ia bem com o zagueiro, surgiu quando, na grande festa de comemoração do título estadual, a vencedora de um concurso nacional de beleza literalmente perseguiu o zagueiro durante toda a noite, e ele, como o diabo fugindo da cruz, esquivou-se, esgueirou-se, trocou de mesa diversas vezes, refugiou-se no banheiro — fez de tudo para evitar a bela mulher, que, diante da impossibilidade de entabular conversação com o objeto de seu desejo, caiu no mais copioso pranto, deprimida. A coisa foi de tal maneira escandalosa que, nos dias seguintes, o zagueiro teve de enfrentar inúmeros comentários maldosos dos detratores de plantão, em notinhas nos jornais da cidade, nas quais chegou a ser questionada até a masculinidade daquele ídolo incontestável, um homem acima de qualquer suspeita.

Foi então que, em dado momento, o zagueiro resolveu pôr tudo às claras. Começou contando aos companheiros de time; depois, aos amigos que tinha na imprensa. Por fim, a notícia estava devidamente espalhada, correndo solta de boca em boca: o zagueiro estava noivo, iria se casar em breve, muito breve, com uma jovem de nome Cleusa Marli. Quem???

Cleusa Marli não era modelo, nem atriz, nem *miss*, nem apresentadora de TV. Cleusa Marli era auxiliar de produção numa fábrica de cosméticos. De baixa estatura, gordinha, pernas arqueadas, nariz batatudo, testa muito grande e cabelo espigado, cortado errado, era uma mulher que não se enquadrava na categoria daquelas que, mais cedo ou mais tarde (de preferência mais cedo), venceriam na vida à custa do *sex appeal*. Cleusa Marli, entretanto, era uma mulher que fora obrigada a amadurecer muito cedo, pela vida difícil que sempre tivera, e também por isso desenvolvera uma aguda perspicácia, uma viva inteligência e senso prático, características que, além de conferir-lhe maturidade, fizeram dela, por mais paradoxal que isto possa parecer, uma mulher atraente — coisa que, naturalmente, poucas pessoas podiam perceber.

Sempre que havia treinos e jogos, Cleusa Marli ia esperar o zagueiro na porta do vestiário. Ficava ali, com muita discrição, aguardando o noivo. De início, ninguém a notava. Era uma ninguém, uma qualquer, com sua aparência comum, com sua presença sem *glamour*. Com o tempo, no entanto, conforme se repetiam as cenas do zagueiro indo ao seu encontro sem dar bola para repórteres e torcedores, a presença (ou a existência) de Cleusa Marli começou a ser notada. Era sempre a mesma coisa: o zagueiro saía pela porta do vestiário, se desvencilhava de repórteres e admiradores e se dirigia, a passos largos, para o carro em que estava a sua companheira, a sua eleita. Saíam depressa do local, ela ao volante, sem dar tempo a quem quer que fosse de aproximar-se dele.

Não demorou para que o relacionamento entre Cleusa Marli e o zagueiro se tornasse assunto de domínio público. Os comentários maldosos não paravam de se suceder. Todos, de uma forma ou de outra, versavam sobre o mesmo tema: "O que um homem jovem, bonito, rico e idolatrado como ele teria visto naquela figura?". Essa pergunta encontrou uma resposta (ou algo próximo a isso) num programa feminino do qual, a muito custo, Cleusa Marli aceitou participar. A certa altura da entrevista, depois de muitos rodeios, a apresentadora tomou coragem e arriscou:

— Mas me conta, Cleusa. Como é que vocês se conheceram? Como foi o início de namoro de vocês?

Cleusa Marli respondeu, muito franca:

— Nós já nos conhecíamos desde criança. Fomos criados juntos. A gente começou a namorar numa quermesse, lá na igreja do bairro onde eu e o Leopoldo fomos criados.

— Ah, é? — disse a apresentadora.

— É. Numa quermesse. Você sabe o que é uma quermesse? Uma quermesse de igreja? Pois é. Não tem nada igual. Uma quermesse de igreja é uma coisa muito, muito especial. As pessoas confraternizam, ficam felizes, mostram o que realmente são. Claro, isso quando as pessoas são acostumadas com isso desde pequenas. Você já esteve numa quermesse de igreja?

— Não que eu me lembre.

— Pois então não sabe o que está perdendo.

O zagueiro e Cleusa Marli se casaram pouco tempo depois disso. Foram muito felizes, a despeito da descrença e do escárnio de todos. Tiveram um casal de filhos. Com o passar do tempo, os dois filhos de Leopoldo e Cleusa Marli revelaram-se muito atraentes, por razões completamente distintas. Mas isso é uma outra história.

A ESPERA

Estava andando de um lado para o outro no apartamento, desde o início da manhã. A angústia não parava de crescer, assim como o mau humor e o pessimismo. É verdade que tentava se controlar, procurava manter-se calmo apesar de tudo. Mas o tempo, o passar do tempo, e a crônica falta de novidades estavam começando a dar-lhe nos nervos. Ele sentia que, se as coisas continuassem daquele jeito, naquele ritmo, em breve sairia do sério. E aí, por Deus — ele sabia bem disso, certas lembranças do passado ainda eram bem vivas em sua mente —, tudo poderia acontecer.

Agora perambulava, entediado, pela sala de estar do amplo apartamento que, àquela hora, estava vazio, porque as crianças estavam na escola e a mulher tinha ido ao supermercado. Quando ficou farto de caminhar de um lado para o outro, foi até a cozinha, abriu a geladeira e serviu-se de um copo de água. Água fresca descendo pela garganta. Quantas vezes, no meio de uma partida, tinha desejado uma água como aquela... Da cozinha, foi para o banheiro. Parou em frente ao espelho e ficou ali, olhando fixamente para a sua imagem refletida durante alguns instantes. Apertou os olhos, depois arqueou as sobrancelhas, passou a mão sobre a barba por fazer, achou-se com cara de idiota e saiu. Entrou no quarto das crianças, olhou em volta, as roupas e os brinquedos espalhados por todo o lugar. Saiu e foi para o quarto de casal, uma confortável suíte com sacada. Abriu a porta de vidro e apoiou-se com os cotovelos na grade. Ficou ali, absorto por alguns segundos, apreciando a vista dos outros prédios que formavam o condomínio. Por fim, voltou à sala de estar. Desta vez, porém, sentou-se. Pensou em ligar a televisão, mas logo desistiu. "TV de manhã não dá para agüentar", pensou. "Nem quando se tem TV a cabo." Então deitou-se no sofá e mirou um ponto no teto, um ponto para onde convergiam três rachaduras discretas.

Já estava sem contrato havia quatro meses. Era dono do próprio passe, vinha tentando negociar diretamente com alguns clubes mas, em determinado momento, achou que seria mais fácil se contasse com os serviços de um empresário. Encontrou logo um, bom sujeito, ao que tudo indicava competente e honesto, um nome sugerido por um antigo companheiro com quem jogara no início da carreira. Mas o fato é que nem esse empresário boa gente, competente e honesto tinha conseguido, até agora, um time para ele. Nada. Nenhuma proposta.

Sentia-se esquecido, injustiçado. O que ele tinha feito de errado para acabar daquele jeito? Sempre fora dedicado, disciplinado e, se por um lado nunca havia chegado à seleção, por outro sempre estivera entre os mais bem cotados da sua posição no país. Nunca criava caso com técnicos ou dirigentes. Relacionava-se bem com a torcida e com a imprensa. Era respeitado e benquisto pelos colegas. Então, o que dera errado?

Atribuía as dificuldades que estava enfrentando à idade. Estava com 31 anos, uma idade em que as coisas começavam a ficar realmente difíceis, mas não impossíveis — isso se o jogador se mantivesse em boa forma física e soubesse usar a experiência acumulada ao longo dos anos. Ele sabia que estava em boa forma — ainda estava. Corria todos os dias e fazia musculação numa academia perto de casa. O problema maior era a falta de contato — pelo menos contato suficiente — com a bola. Sabia que se fosse contratado precisaria de algum tempo para readquirir ritmo de jogo. Isto, contudo, não seria grande problema. Tinha certeza de que, em pouco tempo, estaria em ponto de bala de novo. Só que nada acontecia. Nada. Não surgiam propostas.

De repente, o telefone tocou. Num salto, ele se levantou do sofá e foi até a mesinha onde estava o aparelho. Era o empresário.

— Marcos? — disse o empresário.

— É ele. Diga, Pereira.

— Marcos, presta atenção: tem um time interessado em contratar você. É um time do interior...

A conversa evoluiu com detalhes relatados pelo empresário e respostas monossilábicas do jogador sem contrato. Acertaram que se falariam por telefone no dia seguinte, após a reunião que o empresário teria com o presidente do clube. Definiram a proposta que seria feita e desligaram.

O restante do dia foi superado a muito custo. Dormiu pouco naquela noite, acordou muito cedo, quando ainda nem bem tinha clareado. Levantou-se, deixando a mulher dormindo na cama, foi até a cozinha, bebeu um copo de suco de laranja e resolveu tomar uma ducha. Depois se vestiu e foi para a sala de estar, os olhos fixos no telefone.

Disse adeus para as crianças, ouviu a mulher informar que iria até a agência do correio colocar um carta para a mãe e concentrou-se novamente no telefone. Sentiu-se mal fazendo aquilo, um panaca sem orgulho nem dignidade. Mas continuou ali, assim mesmo.

O telefone só foi tocar tarde da noite, quando ele já estava abandonando as esperanças de que algo ainda pudesse acontecer naquele dia.

— Marcos?

— Diga, Pereira.

O empresário contou, em detalhes, como havia sido o encontro com o presidente do clube. O dirigente ficara de dar uma posição em breve. Em breve? É, em breve. Seria preciso esperar alguns dias. Paciência. Valia a pena. Todos estavam interessados em tê-lo no clube para a disputa do campeonato estadual. Se o clube tinha boa estrutura? Claro que sim, uma excelente estrutura. Perspectivas? Certamente, muitas! Se o time fizesse uma boa campanha no torneio, teria grandes chances de passar a fazer parte da primeira divisão nacional no campeonato do ano seguinte. Oh, sim, estava tudo indo de vento em popa com aquele clube. Tinha dinheiro alto de empresários no meio. Apoio maciço da comunidade. Gente séria trabalhando. Tudo em cima.

No outro dia, o telefone não tocou. Correndo e malhando, o jogador sem contrato conseguiu manter a sua agonia em níveis suportáveis. No dia seguinte, ele fez a mesma coisa.

Quatro dias após o último contato com o empresário, o jogador estava indo para a academia, de manhã cedo, quando decidiu parar do lado de fora da banca para dar uma olhada na capa dos jornais expostos. Uma chamada lhe despertou a atenção em especial. Era sobre uma grande contratação, envolvendo vários milhões de dólares, feita por um clube do interior. Comprou um exemplar, procurou a matéria e começou a lê-la ali mesmo, de pé na calçada. Não deu outra. Era o clube que, segundo Pereira, o empresário, estava interessado em contratá-lo. Concluiu que o texto do jornal, repleto de declarações do presidente do clube e do técnico, deixava evidente que o novo contratado vinha para ocupar a vaga que seria sua, pois o rapaz — era um rapaz mesmo, um rapazinho! — jogava na mesma posição que ele. E ainda que o jogador comprado a peso de ouro atuasse em outra posição, de nada adiantaria, porque, na matéria, o presidente, citado entre aspas, afirmava que a fase das contratações estava encerrada.

Com o jornal debaixo do braço, ele decidiu voltar para casa. Caminhava lentamente e, por mais que tentasse evitar, a cabeça acabava sempre baixando, baixando, até o queixo enterrar no peito. Pensou então que talvez fosse chegada a hora de parar, de encerrar a carreira. "Chega", disse para si mesmo. "Chega disso."

Não tinha idéia do que estaria fazendo dali a, digamos, seis meses, um ano — talvez até jogando em algum grande clube, quem sabe? Mas o fato é que naquele exato momento ele tinha parado de jogar.

Naquele exato momento ele tinha encerrado a carreira para sempre.

O VETERANO

O veterano foi contratado para deixar a moçada mais tranqüila. Mais segura. O veterano tinha 35 anos e, com sua experiência, seria uma referência, alguém para os rapazes olharem quando a coisa estivesse complicada. Alguém que chegaria junto, no juiz e nos adversários, quando fosse preciso. O veterano não deixaria a garotada se intimidar quando o time estivesse jogando fora de casa, com o estádio cheio.

Era meio-campo. Camisa 8. Armador, pelo lado direito. Fazia gols, mas não era artilheiro. Seu negócio era servir os atacantes. Tinha um passe perfeito. Sua especialidade eram os lançamentos rasteiros, na diagonal, para evitar que os companheiros do ataque fossem pegos em impedimento. O veterano, claro, seria o capitão do time. De novo. Dos oito clubes nos quais atuara até então (do país e do exterior), só não tinha sido capitão em dois. O veterano era calmo. Firme, aguerrido, mas calmo. Gesticulava muito em campo, mas sem espalhafato, sem irritação. Apenas indicava o posicionamento correto aos companheiros. Alertava-os para um adversário sem marcação. Comandava os contra-ataques, a arma principal do time que agora defendia (como de quase todos os outros pelos quais jogou; times médios, na maioria).

Os garotos do time adoravam o veterano. Estavam orgulhosos de poder atuar ao lado dele. Muitos ainda eram crianças quando ele já era profissional. O veterano conversava bastante com eles. Conversava sobre outros assuntos, fora o futebol. A terra natal, os avós, os pais, os irmãos, as lembranças, os planos. Os jogadores tinham passado quase um mês juntos, em pré-temporada, treinando e se preparando numa cidade serrana, e foram muitas as conversas. Muitos relatos. Muitos conselhos. Que, se forem aproveitados, ainda que parcialmente, pouparão os rapazes de algumas decepções.

Os torcedores também tinham grande admiração e respeito pelo veterano. Confiavam, depositavam expectativas nele. Sabiam que, quando a situação ficasse difícil, ele faria alguma coisa. Arranjaria uma solução. Um lance de grande categoria. Ou uma jogada de raça, uma bola dividida que acabasse sobrando para aquele centroavante negro, magrinho, orelhudo e matador, na cara do goleiro adversário.

Os dirigentes sabiam o que significava contratar um jogador de 35 anos. Não eram novatos. A história não ia durar muito tempo. Apesar de que o veterano estava numa forma excelente, estava voando. Quer dizer, forma excelente para um atleta de 35 anos. De qualquer forma, estava bem. E, no mais, ele era dono do próprio passe. Decidiu alugá-lo ao clube. O salário, claro, era o mais alto do time, mas também não fugia totalmente aos padrões estabelecidos pela atual direção. Em resumo: um bom negócio. Não, não, na verdade um grande negócio. Os cartolas estavam certos de que, assim que começasse o campeonato, todos iriam reconhecer o acerto da contratação, da aposta. Todos. Torcida, imprensa e até os adversários políticos no clube.

E o veterano, como estava? O veterano estava feliz. Mais um temporada garantida. Fazendo aquilo que sabia fazer.

Aquilo para que tinha nascido. Gostava daquele clube. Tinha tradição, boa estrutura, um estádio moderno. E, além do mais, o time era bom. Quer dizer, não era lá essas coisas, mas dava para o gasto. Os garotos não iam fazer feio na competição. Não mesmo. A mulher e as duas filhas já estavam acostumadas às mudanças de cidade, de estado, de país. Moravam numa ótima casa, as meninas tinham sido matriculadas em bons colégios. Tudo certo. Tudo perfeito. O salário, bem, o salário não era nenhuma maravilha, mesmo sendo o maior do clube. Já tinha recebido salários muito mais altos. Muito mais. Mas era natural. Ele estava ficando velho e este clube, embora fosse tradicional e tivesse boa estrutura e um bom estádio e coisa e tal, era um clube médio. Um clube, vamos admitir logo, de segunda linha. Era provável que jamais chegasse a um título nacional. Mas não tem problema, não faz mal.

O veterano estava feliz com a nova oportunidade. E continuaria assim, sempre assim, desde que o time não fizesse uma campanha vexatória no campeonato e desde que ele, o veterano, não pensasse muito sobre essa dor constante no joelho. Às vezes doía muito. Dores lancinantes, insuportáveis. Mas não era sempre assim. Normalmente, a dor representava mais incômodo do que sofrimento. O veterano cuidava do problema discretamente. Tratava o joelho com um velho da sua cidade natal, um velho que era meio médico, meio curandeiro, de pele muito branca, olhos azuis. Um velho filho de alemães. Um curandeiro alemão, cheio de plantas medicinais dentro da sua casa de madeira caindo aos pedaços. O veterano confiava cegamente nesse homem. Até agora, tudo bem. Tanto que continuava a jogar. Tanto que tinha conseguido um novo contrato. O veterano estava feliz, sim. Desde que não pensasse demais naquela dor. Desde que não pensasse. Pensar pode fazer mal. Atrapalhar.

Era só agüentar mais um pouco. Não faltava muito. Só mais um tempo. E o veterano então pedia por favor, pelo amor de Deus, meu pai, permita que eu jogue toda esta temporada, só mais esta temporada, é o que eu peço, é o meu pedido, o ano que vem a gente vê o que acontece, certo? Certo?

Ainda era muito presente em sua memória a lembrança dos tempos de criança, passados na periferia. Ele andava para cima e para baixo puxando seu cachorro por uma corda. O cachorro tinha um olhar triste, andava devagar e tinha sarna. Às vezes era preciso dar puxões na corda para o cachorro andar mais depressa. Levava o cachorro a todos os lugares. Quando ia jogar bola com o pessoal da vizinhança, o amarrava num dos postes do gol improvisado. De vez em quando uma bola acertava o cachorro. Enquanto isso, a mãe doente morria aos poucos num quarto da casa pobre, de madeira e zinco. O pai chegava à noite, com pão debaixo do braço e cheirando a cachaça e cigarro. Isso tudo ainda era muito presente na memória do veterano. Tão presente que, em certas ocasiões, voltava a sentir o cheiro do seu velho cachorro da infância, que ele puxava com uma corda pelas ruas sem pavimento do bairro miserável onde nasceu e cresceu. O lugar onde começou a se tornar um jogador de futebol. O lugar de onde saiu para nunca mais voltar.

PALAVRAS

O velho treinador tinha o dom da palavra. Comunica-va-se com os jogadores com extrema perícia, e era impressionante como falava tão bem a língua deles, e fazia isso daquele jeito eficiente porque era a sua língua também, a única que conhecia, a que aprendera muito cedo, com seu pai, a que o acompanharia até o último de seus dias nesta vida.

Suas preleções eram famosas pelo tem eloqüente e pelo carinho com que se dirigia aos atletas (sem que uma coisa atrapalhasse a outra). Habitualmente, fazia assim: primeiro, falava ao grupo. Abria a preleção buscando atingir os brios de todos e de cada um. Depois, passava às instruções específicas para o jogo. Sentados, em meia-lua, no vestiário, antes do aquecimento, os jogadores ouviam com reverente compenetração as palavras do velho técnico.

Concluída essa parte, ele chamava num canto os jogadores que teriam alguma missão especial na partida e dava suas instruções individuais. Eram palavras sussurradas no ouvido, mas nem por isso menos veementes, ao contrário.

Naquele dia, antes da primeira partida da semifinal do campeonato nacional (a primeira semifinal de campeonato nacional na história do clube), ele falou ao elenco com muita inspiração.

— Chegamos onde ninguém acreditava que poderíamos chegar. E daí? O que isso significa? Não significa nada. Ou melhor: significa que quase sempre a crença ou a falta de crença dos outros em relação ao que podemos e ao que não podemos fazer não importa absolutamente nada, não interfere na nossa capacidade real. Diziam que o nosso grupo é limitado, e eu pergunto: onde estão agora todos os outros grupos que eles elogiavam? Estão na frente da televisão, esperando a hora de nos ver jogar! Diziam que nosso time é violento, mas fomos quem menos levou cartão amarelo e vermelho em todo o campeonato. Diziam que só sabemos marcar, que o nosso jogo é defensivo, que gostamos de retranca, no entanto temos o segundo melhor ataque da competição! Diziam que o Carlos Alexandre estava acabado, que era um goleiro em fim de carreira, que seus reflexos já não eram os mesmos... Só que agora, depois de tanta paulada, ninguém diz que o Carlos Alexandre é o goleiro menos vazado do campeonato! Esquecem isso, simplesmente ignoram, porque é mais conveniente para eles, porque são arrogantes e não querem dar o braço a torcer. Diziam que o Renê estava mais preocupado com a noite do que com os treinos, que o Renê está velho e se arrasta em campo, ignoraram o fato de o Renê ter estourado o joelho duas vezes este ano, e que apesar disso o Renê vai ser o artilheiro do campeonato se fizer mais dois gols, só mais dois, mas ninguém lembra de nada disso! Paciência, que se danem! O que eles disseram não tem importância. Não mais. Não agora. Porque nós chegamos. Estamos a quatro jogos do título. Quatro jogos! Mais quatro jogos e vocês vão poder comprovar como vale a pena ter coragem, determinação e paciência, e como não há esforço sem recompensa, e como vocês são homens de valor, homens dignos que eu me orgulho de treinar, e que me fazem ter certeza de que esse mundo difícil em que nós vivemos, esse mundinho safado do futebol, é um mundo bonito em que vale a pena viver. É nele que vivemos, e é nele que conquistamos o respeito do mundo, e só quem sabe como é bom ouvir gritarem o nome da gente no estádio lotado acredita que vale a pena, acredita que tudo isso que a gente enfrenta no nosso dia-a-dia de treinos, concentrações e jogos faz sentido, e só quem sabe como é bom chegar em casa e ver nos olhos do filho o brilho do orgulho do seu pai, e no sorriso da esposa a admiração profunda, sabe como tudo isso vale a pena, e como é bom dar uma vida melhor para o pai e para a mãe, e poder ajudar os irmãos, e como é bom receber o pedido de autógrafo da meninada depois do jogo...

E o treinador falou mais, falou muito mais, e em nenhum momento os jogadores deixaram de prestar atenção nas palavras do velho, e quando ele pronunciou a última palavra da preleção o que se ouviu não foram aplausos, mas sim um grito, um grito de todos, em uníssono, ovação primitiva, visceral, e por isso poderosa, irretocável, um grito que era a única reação possível numa hora em que nenhuma reação, fosse ela qual fosse, estaria à altura do momento, um grito que quem presenciou jamais esqueceu.

Quando se preparava para chamar o primeiro jogador a quem daria suas dicas em particular, sentiu um toque no ombro e ao virar-se deu de cara com Renê, o centroavante, seu jogador mais experiente, um veterano com passagem por alguns dos principais clubes do país.

— Eu queria lhe agradecer pelo que o senhor disse de mim.

— Eu não disse nada de mais, nada que não seja verdade.

— Obrigado, mesmo assim. Vou fazer tudo o que eu puder para retribuir a confiança que o senhor tem em mim.

— É só você continuar fazendo o que vem fazendo durante todo o campeonato.

Renê baixou os olhos e ficou mexendo nos cadarços do par de chuteiras que tinha nas mãos.

— Eu queria lhe dizer uma coisa.

— O que é? Pode falar, rapaz.

— Eu tenho 36 anos, já passei por muitos times, joguei fora do país, e o senhor... O senhor é o melhor treinador que eu já tive, o melhor. É isso o que eu queria lhe dizer.

O velho técnico experimentou nessa hora um sentimento incomum para ele: o desconcerto, o mais completo desconcerto, pois não estava acostumado com manifestações desse tipo. Apesar disso, se saiu bem da situação, porque aquela atitude do jogador, ainda que surpreendente, é absorvida sem maiores dificuldades pelo universo que habitam, o universo do futebol. Enfim, pode causar desconcerto, mas não estranheza, por mais paradoxal que isso pareça.

— Vai jogar, meu goleador. Vai lá e mostra para eles quem você é. Vai, vai.

O treinador deu um tapinha no ombro do artilheiro e percebeu o brilho em seus olhos quando ele os levantou, por um breve instante, antes de dar meia-volta e juntar-se aos companheiros, que iniciavam o aquecimento.

Sem perder tempo, o treinador lançou para o vestiário um olhar escrutinador. Ainda com a preleção ecoando em sua cabeça, Jairo, um dos volantes do time, ouviu o chamado do velho.

— Jairo, vem cá.

O jogador não precisou ouvir de novo. Foi ao encontro do treinador, abriu olhos e ouvidos e se preparou para tudo o que pudesse vir.

— Jairo, hoje você não precisa jogar. Hoje você vai colar naquele cara, o Toni, o camisa 10 deles. Ele vai tentar armar o jogo pela esquerda. Vai tentar triangular com o lateral, aquele crioulinho, o...

— O Moacyr.

— Isso, o Moacyr. Esse e o baixinho, o Nei.

— É, o Nei.

— Se você colar no Toni, nenhum dos três vai jogar. Entendeu?

— Entendi.

— Você não precisa jogar. Esquece que a bola existe. É só colar no Toni. Se ele se abaixar para amarrar a chuteira, você se abaixa junto.

— Certo.

— O que você vai fazer hoje é fundamental para que a gente consiga chegar lá, entendeu? Entendeu, Jairo? Eu confio em você, garoto. Confio muito em você. Você vai chegar à seleção daqui a pouco, eu sei disso, tenho certeza disso, não vai dar outra. Você sabe jogar, sabe jogar muito, mas hoje você não vai jogar, hoje você vai colar naquele sujeito, o camisa 10 deles, eu quero que ele sinta o seu bafo no cangote dele o jogo todo, entendeu? Entendeu?

— Entendi.

Mas o problema é que Jairo queria jogar. Jairo não queria esquecer da bola. Jairo sabia que podia colar no sujeito e jogar. E foi o que fez. E Jairo realmente jogou, e ajudou a fechar a defesa, e fez a ligação com o ataque, e até foi à frente tentar a finalização, e o tal do Toni não teve espaço para jogar, e em certa altura se irritou com a marcação de Jairo e fez uma falta violenta e levou cartão amarelo e se não se cuidasse acabaria expulso no segundo tempo, e Jairo continuou sem esquecer da bola, e sem esquecer de marcar o tal do Toni, e o treinador, lá do banco, gritava coisas que Jairo não conseguia ouvir, e o treinador estava com o coração na garganta, todo mundo no estádio podia ver isso, e dali a pouco o coração não estaria mais na garganta, e sim na mão, e Jairo continuou fazendo o que seus 21 anos de idade o mandavam fazer, e o primeiro tempo terminou empatado, sem gols, e no vestiário o velho treinador, já bem rouco, chamou Jairo num canto e mandou ver, dessa vez sem pensar muito no que estava dizendo.

— O que você quer fazer? Você está maluco, garoto? Quer me matar do coração? Quer deixar seu time na mão? O que é que você está querendo fazer, garoto?

E Jairo disse, simplesmente:

— Jogar.

E o velho treinador disse a ele que fosse para o inferno, e que se preocupasse em marcar o tal do Toni, o camisa 10 deles, só isso, só isso!

O segundo tempo começou, e Jairo continuou fazendo exatamente o que havia feito ao longo de todo o primeiro tempo, mas o gás não dava mais para tanta coisa, e Jairo acabou dando espaço para o Toni fazer das suas, mas mesmo assim a torcida aplaudia Jairo e gritava o nome dele o tempo todo, e Jairo já nem olhava mais para o banco e tentava fazer o impossível, e chegou a acertar um chute no travessão, um belo chute no travessão, lá da risca da grande área, uma paulada, e a torcida foi à loucura por causa das coisas que aquele garoto estava fazendo, e Jairo não pensava mais em nada a não ser ganhar aquele jogo ele mesmo, ganhar sozinho aquele jogo, mas foi numa de suas investidas ao ataque que o tal do Toni, o camisa 10 deles, recebeu a bola no grande círculo, num contra-ataque, e com um passe perfeito, rasteiro, em diagonal, deixou Nei sozinho na frente do goleiro, na frente de Carlos Alexandre, até então o goleiro menos vazado do campeonato, e Nei fez um golaço encobrindo Carlos Alexandre, e foi esse o resultado do jogo, 1 x 0, e a promessa de uma dificuldade monumental no segundo jogo da semifinal.

Ninguém disse nada naquele dia, nem o treinador, tampouco Jairo, mas no dia da reapresentação dos jogadores, o velho treinador chamou Jairo para uma conversa em sua salinha.

O volante entrou, o treinador fez sinal para que ele se sentasse. Ficaram em silêncio, até que Jairo não suportou mais aquela situação e disse:

— O senhor tinha razão, eu ferrei o time.

O velho treinador olhou para o rosto cheio de espinhas e fiapos de barba do seu camisa 5.

— Não — disse o treinador. — E não.

— Como é que é?

— Eu não tinha razão, e você não ferrou o time.

— Não?

— No domingo, vou fazer uma marcação por zona. No domingo você vai poder jogar mais do que jogou ontem.

— Sério?

— É. No domingo, você vai levar o time à vitória, vai fazer tudo o que sabe fazer, que não é pouco. No domingo é você que vai nos levar à final.

Jairo baixou os olhos e não disse nada. Tudo de repente havia perdido a importância. Sua vida estaria em suspenso até o domingo.

— Vai, garoto, vai treinar, vai jogar bola.

O treinador tinha o dom da palavra. Sabia se comunicar com os jogadores, não só porque a linguagem deles era a sua, mas porque ele respeitava os seus garotos, gostava dos seus jogadores, reconhecia quando tinham razão, e dizia isso, dizia sem receio, para quem quisesse ouvir.

O EX-JOGADOR

— Boa tarde, seu Gilberto. Vai ser um jogão.

— Boa tarde, seu Freitas. Vamos ver, vamos ver — respondeu o ex-jogador ao porteiro das sociais.

Em seguida, subiu a escadaria e instalou-se na sua cadeira, número 776, que ganhara de presente do clube assim que encerrara a carreira.

O jogo nada tinha de especial. Valia pela primeira fase do estadual, mas ele gostava de ver os "garotos" jogarem. Ficava lá, sentado, sempre sozinho, radinho de pilha colado ao ouvido, atento às grandes tiradas e às enormes bobagens ditas por narradores, comentaristas e repórteres de campo.

Ficava lá, sentado, analisando o futebol dos "garotos" e lembrando de outros tempos — o seu tempo.

O time atual era bom. Tinha um centroavante inteligente, e ele gostava de centroavantes inteligentes, mestres na arte da finalização mas que também sabiam servir aos companheiros e tinham visão de jogo. Não gostava daqueles centroavantes empurradores de bola para dentro do gol, apesar de reconhecer que um bom centroavante, entre tantas outras coisas, tinha que saber empurrar a bola para dentro do gol. Também gostava muito daquele ponteiro-direito arisco, abusado, um artista dos cruzamentos. Fora esses dois, achava que o restante dos "garotos" eram bons, na média. Só não gostava do quarto-zagueiro, que era, em sua opinião, inseguro, nervoso, embora tivesse recursos técnicos. Menos mal que, ao lado dele, havia um zagueiro central experiente, chamado Leopoldo, capitão do time. Um zagueiro do tipo que ele próprio detestava enfrentar. Quando aparecia um desses pela frente, era preciso trabalhar em dobro. Às vezes até mais do que isso.

Fim do primeiro tempo. Os "garotos" estavam vencendo de novo. Jogo fácil, escore folgado. O ex-jogador levantou-se e foi ao banheiro. No caminho de volta para a sua cadeira, parou no bar e pediu uma água mineral sem gás.

— Está gostando do jogo, seu Gilberto? — perguntou o homem da copa.

— Vai acabar em goleada — disse o ex-jogador, com frieza.

O juiz apitou e a bola rolou outra vez. O segundo tempo foi todo de lembranças para o ex-jogador. Era sempre assim. No primeiro tempo, ainda conseguia se concentrar no que estava acontecendo no campo, mas, no segundo, sua mente era tomada por recordações. Recordações do seu tempo. Uma lembrança recorrente referia-se a um lance que, por certo, nada tinha representado de especial para ninguém — pelo menos assim ele pensava. Foi numa semifinal do campeonato nacional, há muito, muito tempo. A bola vinha do alto, um balão do goleiro adversário. Um jogador de meio-campo do time contrário a dominou, num só movimento, com muita classe. Matou a bola com grande categoria. A torcida vibrou como se fosse um gol. Esse jogador, provavelmente tomado de entusiasmo em razão dos aplausos que acabara de receber, partiu para cima dos oponentes como uma locomotiva com a fornalha cheia. A lembrança do ex-jogador era muito nítida: nesse exato momento, vendo o ar de coragem e orgulho no rosto do adversário, aproximou-se dele e, com um toque sutil, o desarmou, passando a bola para um companheiro, isso no grande círculo do gramado. O jogo seguiu e aquela jogada não recebeu palmas, não mereceu qualquer comentário, nem mesmo um elogio de quem quer que fosse depois do jogo. Mas para o ex-jogador aquele lance vinha adquirindo um significado cada vez mais importante, e ele não sabia por quê.

Fim de jogo. A previsão da goleada se confirmara. Os "garotos" estavam felizes. A torcida também. Ganhar é bom. Estabelece a paz até a próxima batalha. E a paz é fundamental porque ninguém agüenta estar em guerra o tempo todo.

O ex-jogador levanta-se e vai embora. Espera o ônibus no ponto. Antes de ir para casa — um apartamento conjugado no centro da cidade —, passa no armazém do Maneco e compra uma dúzia de ovos. Em casa, prepara o jantar: sobra de arroz do almoço e dois ovos fritos, acompanhados de água. Depois, um pedaço de goiabada. Por fim, depois de assistir na TV os gols do domingo, vai para a cama, na qual dormirá, até as 8 horas da manhã seguinte, um sono repleto de sonhos sobre lançamentos perfeitos que deixavam os atacantes na cara do gol, chutes potentes que derrotavam goleiros invencíveis e muitas fotos na capa dos jornais, nas quais ele aparecia erguendo troféus que, invariavelmente, eram oferecidos àqueles que pagavam ingresso para vê-lo e gritavam o seu nome até as vozes se tornarem roucas e sumirem por completo.

Ao acordar, sentiu, mais uma vez, o travesseiro encharcado, não de suor, mas de lágrimas. E então prometeu a si mesmo que não iria mais ver os "garotos" jogarem, porque aquilo era muito doloroso para ele, trazia-lhe muita melancolia, embora o deixasse satisfeito e alegre durante os momentos em que estava lá, sentado na cadeira 776. Não queria mais ver os "garotos" entrarem em campo e saudarem a torcida e mostrarem o seu talento. Estava velho demais para aquilo. As recordações o estavam envenenando. Mas o que fazer quando as lembranças são o que há de mais importante na vida? Não importa. Sabe-se lá. Decidiu voltar a dormir. Decidiu que queria apenas sonhar. Não queria mais recordar; de sonhar, contudo, ele jamais abriria mão. Recordar era a prisão; sonhar, a liberdade.

Relembrar era como estar cercado por três marcadores, sem ter um companheiro para passar a bola e, ao perdê-la, acabar armando o contra-ataque do adversário.

Sonhar era como bater uma falta frontal, sem barreira, da risca da grande área, contra um goleiro frangueiro.

Este livro foi composto em Minion
pela Bracher & Malta, com
fotolitos do Bureau 34 e impresso
pela Bartira Gráfica e Editora em
papel Pólen Soft 80 g/m^2 da Cia.
Suzano de Papel e Celulose para a
Editora 34, em maio de 2002.